申维 著

地球上的宋庄

北京联合出版公司
Beijing United Publishing Co.,Ltd.

目　录

001 1 **在熟悉的陌生人中间** 大胡子告诉她，他就是毕加索和凡·高。从卖不出画的事实，她承认他是凡·高；而从他身边的众多女人来看，他又是毕加索。

012 2 **宋庄的“美国人”** 玛丽想，戏已经演到这种程度就干脆演到底。牛好色不是导演吗？那就让他见识见识我这个业余演员的演技。

022 3 **爱情价码一百万** 反正画的主人已西去，他理所当然占为己有，把画拿进画室，轻轻吹去画上的灰尘。二毛忽然心生一计。

035 4 **阿黑和他的一百八十万** 阿黑以为凭才华可以赚钱，拿到钱才知道，赚钱就是打仗、讹诈、你死我活。

046 5 **任庄的故事** 世界上百分之九十九的女人都想嫁一个有钱的男人，一个精神病都知道要嫁有钱的男人。可是，上苍没有创造那么多有钱的男人啊！

060 6 **在笑笑和玛丽中间** 男人不在于有没有钱，而在于肯不肯为你花钱。

068 7 **全球首富李老炮** 阿黑脚步沉重，僵硬地站着，像是进入了神殿。这个地下室就是古埃及的金字塔，李老炮就是死而复活的埃及法老。

076 8 **阿黑和玛丽的微信婚礼** 她无法接受她是山里孩子的事实。这感觉就像有一个亿的存款，然后别人告诉她，这个存款只是游戏机里的虚拟币。

086 9 **玉猪龙** 中国最好的作家压根儿不在作协，也不是莫言，而在潘家园，在玩古董的中间。李老炮，太他妈能编故事了！

095 10 **堕胎要下地狱** 大仙说你找的是邻村的女子，说只播种，难收获……

103 11 **广场上的昆仑石** 诗人沉湎于幻想，他们想担当，可结果是担当不起，最终把生活的重担甩给女人。

110 12 **用肚里孩子做担保的画** 莎士比亚说：“女人，你的名字是弱者。”但弱者有弱者的优势，老子的《道德经》上也说“柔弱胜刚强”。

121 13 **玛丽和丫丫** 她看到丫丫，甚至连恨大胡子的心都没有了，毕竟生活给了他们一个可爱的女儿。生活再苦再累，只要想到为了丫丫，她就充满了力量。

131 14 **走私文物** 她忽然感到一阵轻松，为什么一定要有几个亿呢？这些清洁工有多少钱？他们不是很快乐地生活在这个现代大都市里吗？

138 15 **故乡情** 当一个人放弃了难以实现的梦想，或者回到她的真实状态，感觉就像飘出去的灵魂重新回到体内。玛丽是谁？就是一山里姑娘王春花。

144 16 **在油画上做爱** 有时，当你回顾人生，许多的情感和经历，只是一种毫无意义的生命消耗。你以为有意义的人和事，其实是一种运动中的闪回现象，一种虚幻。

154 17 **寂静的村庄** 她在宋庄这么多年，从没见过一个面相如此单纯的女人。笑笑的眼睛里没有一丝杂质，嘴角挂着清澈的笑。

164 18 **玛丽和朵朵** 放羊的说："我在这儿放了五年羊，拍了几十对女人打架的相片。从来没有男的来打架。奇了怪了，全是女的来打架，原因都是为了男的。"

172 19 **破碗重圆** 阿黑盯着玛丽的眼睛看，他要从她的眼睛里，看出他是该走，还是该留。

影视圈的堕落是肉体的堕落，

艺术圈的黑暗是灵魂的黑暗。

——申维

凡尔凡尔
二毛
阿黑3000
玛丽
牛好色
李老炮
YY
诗人小虾
大胡子

1　在熟悉的陌生人中间

宋庄对于玛丽来说，有着满肚子的纠结和酸甜苦辣，以至这个湖南妹子忘记了她的故乡，在美国总是对人说她来自中国宋庄，北京东郊的一个艺术村落。十多年前，这个异乡女孩子来京城打工，认识了一个一大把胡子、邋里邋遢的画家。画家在这个女孩子眼里近乎神圣，她奉献了她年轻的身体，画家给了她稳定的生活。她再也不用在京城四处奔波，在写字楼间朝九晚五，从此光荣地成为艺术家的家庭主妇。几年后，他们有了一个女儿，起名叫丫丫。小丫丫的降生并没有改变漫长而乏味的婚姻生活，她变得脾气暴躁，常为一些鸡毛蒜皮的事争吵。每回吵架后，她就偷丈夫的钱，去小堡广场疯狂购物。丈夫看着她买回来的一大堆乱七八糟的东西，显露出绝望的眼神，这种绝望的眼神平息着她内心的不满和愤怒。

藝術工厂
十多年前，这个异乡
女孩来京城打工，认
识了一大把胡子邋里
邋遢的画家

大胡子画画、卖画，与画家们明争暗斗，又和画商们钩心斗角，搞得心力交瘁，早就无暇顾及这个乡下妹子。大胡子像对待猫似的对待她，有兴趣时逗两下，没兴趣时放任自由。她除了照顾女儿，大部分的时间都是无所事事的。她加入到那些家庭主妇家长里短的队伍中，社交圈也日益壮大，结识了宋庄各式各样的画家。在零距离的交往中她发现，这些从前在她眼里神圣不可侵犯的画家，尽是些放纵、自私、猥琐、我行我素的人。他们有着泛滥的情欲，不放过任何机会对她调情，利用她丈夫偶有疏忽，对她动手动脚。大胡子知道后，异常地愤怒，把她锁在家里，不许她与外人接触，警告她说这些人是疯子，会强奸她。

周围只有极少部分的画家发了财，而大胡子和玛丽像绝大多数画家一样，生活在贫困线下，一年一年地挣扎着过日子。大胡子一年也卖不出一幅画，创造力和激情逐渐减弱，性欲却日渐强烈。她发现有一些女画家，也是她的朋友，和大胡子的关系变得十分暧昧。她在大胡子手机上发现肉麻的短信，又发现他们的行踪飘忽不定。大胡子告诉她，他就是毕加索和凡·高。从卖不出画的事实，她承认他是凡·高；而从他身边的众多女人来看，他又是毕加索。最后，大胡子抛弃她和女儿与人私奔，这件事完全出乎她的意料。他们虽说生活贫穷，但是还没有穷到与人私奔的程度。据说那个女人很有钱。那个女人后来从广州打来电话，抱歉地告诉她，说并不知道大胡子已经有了家室，那个女人说她并没有破坏别人家庭的意图。这个看似满是歉意的电话其实是转换方式传达了丈夫抛弃她们的事实。大胡子从此失踪，音信全无，小四合院堆着一堆他留下的画。她指着这堆画告诉别人，这是她丈夫的遗作。

玛丽这个湖南妹子在离婚后变得坚强，她发誓要过得更好，要超过那个吸引她丈夫私奔的女人。她要比那个女人更富有，让大胡子懊悔一辈子。玛丽的遭遇得到一个美国女画家的同情，这个女画家一直在宋庄从事文化艺术交流，她需要一个生活助理，答应带玛丽去美国。玛丽就把女儿丫丫送回湖南老家，由她母亲抚养，她每月打一千块钱生活费给家里。玛丽去了美国，在美国生活了两年，其中有一年是在画廊里做些辅助工作。

两年后，玛丽从美国再回到宋庄，已是物是人非，恍若隔世。她想忘记过去的一切，断绝与从前社交圈的联系，关起门来过隐居生活。这两年的国外生活，使她变化很大，容貌和举止都与从前不同。许多熟人见面也不见得能认出她来，有的眼力好，认出来总是张着嘴巴，指着她惊讶地喊叫："王春花……"她从容镇定地说："别激动，我是玛丽。"在新的社交圈里，人们只知道她是从美国回来的玛丽，并不知道她是画家大胡子的老婆王春花。

宋庄距祖国的心脏天安门只有三十千米，艺术家们称这段距离叫盲肠。盲肠若是发炎，就要一刀切掉。宋庄艺术工场就像个货运码头，聚集着许多艺术小作坊。艺术家多数是外来务工人员，社会流动性大。艺术家在这里生活好多年相互不认识，也很普遍。人与人由许许多多的圈子组成，圈子就像水泡，从水底发酵升腾起来，在水面发出"噗"的响声，然后煞有介事地破灭。

我要说的故事就发生在宋庄的一群熟悉的陌生人中间。时间要从 2015 年春天说起，那时候，工场路还没有改造，沙石路面，颠簸不平，尘土飞扬。这里是宋庄著名的跳蚤市场。每到周末，路两旁摆满摊贩，车水马龙，人来人往。摆摊的有附近的农民，也有艺术家。艺术家称摆摊叫练摊，顾及颜面好像是在这儿体验生活，其实都是生活所迫。

那个阳光明媚的星期天上午，玛丽就立在小贩们中间。她头上裹了块鲜艳的花头巾，脸上戴着块黑布罩，只露出一双大眼睛，肩膀上披着一块花布巾，把大半个身子裹在里面，装扮成一个穆斯林。玛丽从黑布罩的缝隙中，冷冷地看着这个世界。

玛丽不能让人家发现她这个海归也穷得练摊，更不想这件事传到大胡子耳朵里。昨天晚上，她从米娜餐厅回到院子，见头道门上了锁。她看了看手机才八点，敲了半天门也没人搭理，她就怒气冲冲地给房东打电话。房东把电话掐断，一会儿就听到里头有脚步声。房东是一秃瓢脑袋，趿着拖鞋，敞着怀来开门，用一口浓重的京腔说：“嗨，没留神儿把门给拴了。”她心知肚明房东这是催她交房租，下半年的房租已经拖了三天。房租一年一万，半年一交，也就是五千。按现在的行情房租不算贵，房东的表情像是吃了天大的亏。她拖欠房租的目的是幻想着大胡子能给孩子寄来一笔抚养费。这笔抚养费像等待的戈多，迟迟没有到来。

小四合院进门有一块空地，长着花花草草。里头三间正屋，东边卧室，中间堂屋布置成会客厅，西边屋子里堆着前夫的画。一侧厢房是厨房和洗漱间。厕所在屋子外边，破砖破瓦搭的小棚子，门口挂着一块脏兮兮的布帘，里头埋一口缸，缸上搁着几块木板。这个厕所，她抱怨过若干遍，但是当地农民的风俗习惯是厕所不进主屋，他们认为厕所是不洁之所。有时家里来客人，多数是宋庄的艺术家，他们谈美国，谈油画和国画，谈政治，谈着谈着，若有人要上厕所，就只能咬牙切齿地蹲在这个四面透风的棚子里。冷风一吹，蚊蝇叮咬，让他们一下子从玫瑰般的梦幻回到硬生生的现实，这也免得思想不着边际地跑得太远。

一早上，玛丽把大胡子书橱里的书捧上一大摞，用力扔进蛇皮袋子里，发出很大的响声。她翻看了几本，上面落了灰，多数是大胡子在中央美院读书时的教材，有几本是他最喜欢的凡·高、莫奈、塞尚的画册，另有几本是宋庄画家免费赠送的，有栗宪庭、黄永玉、沈敬东、岳敏君、方力钧等人的画册。多宝格上摆着几个装饰用的坛坛罐罐，她一把统统撸进袋子里。

窗台上有一只青花瓷的碗，是大胡子从景德镇带回来的。碗里的猫食早就风干成石头。猫早就在两年前跑了。她把碗拿到院子里的水池上冲洗，用力敲下石头似的尘垢，随手往袋子里一扔。一辆小摩的把这堆东西运到跳蚤市场。这些东西跟她有仇，把大胡子心爱的物品拿到地摊上低价销售，无疑是对他沉重的打击。这让她产生一种快感。

她像一个熟练的摊贩，往地上铺了一块红塑料布，把书和画册摆在摊位中央，四边压上坛坛罐罐。那只青花瓷碗摆在脚边，放上一个小橘子。橘子鲜艳的橙色让这一堆灰不溜秋的杂物变得活泼起来。在她旁边，有一个卖假古董的河南人，脏兮兮地坐在地上。有一个常年卖笔的老头，推着平板车，车上插满了大小型号不同的毛

笔。她向左邻右舍友好地点头。

有一个剧组在拍地下小电影。导演牛好色戴着墨镜，拿着话筒。他的话筒就像下水道，污言秽语从里面源源不断地涌出。地下小电影就是指没有拍摄许可证的。这种小导演在宋庄多如牛毛，小贩们都懒得去看他们，司空见惯。当镜头扫来时，有人提出抗议。玛丽觉得有一个镜头扫到她了，好在她已经全部包裹起来，即使这样，她还是感到愤怒，全身僵硬地立着，用藐视的目光盯着这群拍电影的。她心想难怪中国拍不出好电影，拍电影的这群人就像耍猴的，像小时候那些走村串巷的戏班子。

李老炮像是20世纪30年代的人物，从一本旧挂历上穿越而来，长袍马褂，戴着灰礼帽，脖子上挂着一大串淡黄的蜜蜡串珠，串珠一直挂到肚皮底下。短些的是菩提子串着的天珠，挂到胸口。手上套了好几串东西，有沉香串珠、和田玉籽料……他喜欢逛地摊，在地摊上捡了好几回的漏儿。用李老炮的话说，玩古董是瞎子买，瞎子卖，还有瞎子在等待。这一行比的是眼力，眼力背后是知识和运气。该你有运，地摊上能捡到国宝；该你倒霉，拍卖会上也拍得着假货。

李老炮从河南人地摊前过，没正眼看，转到玛丽摊位前，先看人，后看货。他觉得这个女人很陌生，也就停下脚步留意她脚前的那堆坛坛罐罐。他不认得玛丽，玛丽认得他。李老炮是老宋庄，在潘家园开过古玩店。他是大胡子的朋友，有一回还悄悄摸过她的手，后来用一幅小画作为摸手赔偿。盛橘子的青花瓷小碗吸引了李老炮。他蹲下，轻轻拿起，朝着碗底看，仰起脸问：“多少钱？”

玛丽压根儿就不知该说多少钱。她蒙着脸，心想李老炮是行家，

李老绝像是30年代的民国人物
从一本旧挂历上穿越而来。

他问多少钱，肯定这个碗是样东西。玛丽反问：“你说多少钱？”

李老炮一笑：“五十。”

玛丽心想，蒙谁？！五十值得你蹲下来询价？她装着内行的样子，一惊一乍地说：“没搞错吧，这是古董，五百。”

李老炮掏出五百往塑料布上一丢，从卖毛笔摊位上拿了一张旧报纸包裹起碗来。玛丽有些心虚了，愣愣地看着。

李老炮说：“你别看我，我说出来你就要哭。你这只碗，青花瓷，虽说是民窑，怎么也值个千儿八百。”

玛丽以一个闪电手从李老炮手上抢回碗，把五百块钱往李老炮手上一塞，说：“逗你玩的，不卖。我祖传的。”

“姑娘，做生意有你这么出尔反尔的吗？”李老炮笑着说。

玛丽脸一红，不好意思地笑了。两旁摆摊的都笑了。李老炮要走，玛丽拖着他说：“帮我把这几个坛子也看看？”

“这几个，不值钱，就这个碗，值点儿钱……”李老炮说。

这种奇怪的买卖方式要是换在别处就要闹出纠纷，但是在宋庄的女人中间是家常便饭，艺术家们把女人当成宠物。玛丽做梦也想不到这只猫食盆竟值一千块钱。她要感谢小猫爪下留情呢。

一群在附近画室学画的学生拥过来，挤在她摊位上挑选画册。她赶紧把报纸包着的瓷碗放在旁边箱子上，跟那群学生讨价还价。有的五折，有的八折，很快就卖了一大半的画册。她忙着数钱，忘记了箱子上的碗。后来发生的事其实她是有一定责任的。

诗人阿黑是这部小电影的编剧。他在人群中跑前跑后，一会儿忙着给女演员递服装，一会儿忙着搬道具，差点儿让自行车给撞了。

这一切都发生在玛丽的眼皮底下。阿黑风风火火地跑过来搬箱子，一下子就把箱子上的碗撸到地上。玛丽发出一声尖叫……

玛丽打开报纸，闭着眼祷告了一会儿，碗还是碎成了三块。她瞪大眼看着阿黑。阿黑个头矮，他的身高在女人眼里就像不存在，皮肤黝黑，短头发，发碴里有一半白了，像上了霜，又像撒了盐，傻里傻气的一张娃娃脸。他看着这分成三块的碗，一个劲地笑。

玛丽愤怒地说："笑？！"

"我赔。"阿黑掏出十块钱。

玛丽眼睛瞪得更大，一把扯下脸上的黑布罩，激动得嘴唇发颤："十块钱？这是古董！你问旁边的大爷。"她指着卖毛笔的老头，"这个碗值一千块。"

阿黑惊讶地问："一个碗，一千块？"

玛丽拖着阿黑，到卖毛笔的老头跟前，"你问问大爷！"

卖毛笔的老头说："刚才玩古玩的说值千儿八百。小伙子，我看你就赔个八百吧。"

阿黑知道卖毛笔的不会骗人。他可怜兮兮地看看玛丽，一个美丽的女人。阿黑单身，写过许多献给美女的诗，但是美丽的爱情诗没有打动女人的心，也没能改变他单身的现状。在他眼里，只要是女人都美丽。他怎么忍心欺负一个美女呢？

阿黑没带这么多钱，就跑到牛好色那儿借了八百块钱，跑回来递给玛丽。玛丽数了一下，怕钱有假，对着太阳一张一张地验。她把报纸包着的分成三块的碗给阿黑说："我不让你吃亏，瓷片也可以卖钱……"

玛丽拿了钱，有些心虚。她怕阿黑后悔，便见好就收，拦下一辆过路小摩的，把塑料布一包裹，剩余的书和坛子一口扎上，上了车。阿黑拿着破碎的瓷碗，反反复复地看。他不明白一个碗怎么值八百。这时，卖毛笔的向他招手。他走到近处，卖毛笔的说："小伙子，这碗你拿去请人锔，锔过了，或许能卖大价钱！"

太阳懒洋洋地照在北方干燥的土地上，阿黑眯着眼睛看太阳。他觉得刚才那个女人很美，可是拿了钱就跑了，应当留下个微信，那样他就可以深更半夜给女人发他写的诗。

阿黑把三个瓷片塞进口袋，嘴里念道："古人也太能忽悠了，十块钱的碗，凭什么古代的就值八百？"

2　宋庄的“美国人”

地铁草房站附近有许多“黑车”可以拼车，价格便宜，按人头才十块钱一位。玛丽和牛好色就拼在一辆车上。玛丽知道牛好色是导演，牛好色并不认识那天工场路摆摊的玛丽。他们一明一暗，这就发生了故事。

玛丽坐在副驾驶的位置，对着后视镜理了理头发，对自己的容貌十分自信。她才三十过半，对于女人来说正是拎得起放得下的年龄。北方水土干燥，皮肤保养最重要。她每天睡觉前都做面膜，宁可不吃饭，每顿也不能少了水果。通常情况下，南方女人若是勾引北方汉子，往往稳操胜券。北方女人憨实，不善于细腻表达情感，分寸和火候也没有南方女人拿捏得准确。南方女人和北方女人争夺起男人来，哭闹上吊的一定是北方女人。

牛好色头发染成棕红色，套着花格子衬衫，眼睛在后面色眯眯地盯着她。玛丽从后视镜看牛好色，忽然对他产生了兴趣。牛好色是什么货色呢？大胡子圈子里全是画画的，导演还真没见过几个。她感到后背像虫子爬，脖子痒痒的。她摇下车窗，对着窗外汹涌的车流，清了清嗓子，如演员般，来了一番独白：

“我叫玛丽，来自美国加利福尼亚。我是美国哈佛大学 MBA 管理学博士，去过世界许多国家，从事艺术品收藏。祖国这些年发展很快，我回来了，报效国家，自主创业……唉，创什么业？回趟老家，个个以为我发了财，以为从美国回来就一定发了财，要这要那。想到北京来发展吧，雾霾这么重，一天到晚堵车，业没创成，人快疯了……操他娘的！物价比美国还高，碰到的全是骗子、色狼……”

玛丽想以这种方式吸引牛好色的注意，可是不知什么触动了她哪根神经，粗话俗话全井喷上来，用的是家乡湖南话。她估计车上人听不懂家乡方言，但是，她这个架势足以让一车人目瞪口呆。开车的以为拉了个精神病，吓得不敢搭腔。牛好色可不这样想，在宋庄这些年，在他眼里艺术家就是精神病，精神病就是艺术家。他认定这个女人是从美国回来的富婆。

这几天，牛好色已经开机的小电影弄得他焦头烂额，几个投资人讲好开机就投钱，现在找出各种理由推三阻四，竟然说与主旋律不符。符合主旋律还需拍小电影吗？他想到大望路开文化公司的小虾还欠他五万块钱导演费，就通过内线打听到小虾今天在公司，赶去要钱。那个内线是个双面“间谍”，又把他来要钱的事透露给了小虾。小虾虽说是条小虾，但在京城江湖早就混成了小泥鳅。他听说牛好色到了公司楼下，一不跑二不躲，把公司的化妆师叫来，进行了一番装扮。牛好色进了小虾办公室，只见小虾躺在沙发上，额头缠着绷带，鼻子流着血，塞着棉花。牛好色吓了一跳。旁边人告诉他，来了几个要债的，把他打成这样。牛好色一听，在电梯里想好了的讨钱的话，到口边一下子全吞进肚里。他关心地问："小虾，怎么回事？哪个孙子下的黑手？"小虾紧闭双眼，一言不发。牛好色在一旁嘘寒问暖半天，小虾依旧一言不发，像让人打成了木乃伊。

现在，牛好色在车上，忽然感到有点儿不对劲，觉得上当。如果有人到小虾办公室打小虾，那么大的响动，屋里总得摔碎几个茶杯，砸毁几张椅子，地上滴几滴血。而小虾办公室里窗明几净，井井有条，哪里像发生过暴力事件？牛好色大叫上当，觉得和小虾相比自己嫩了。

刚才玛丽的那番表演，牛好色感觉到是冲着他来的。他自信他的艺术家气质，已经悄悄催化着对方的荷尔蒙，让这个美国女人见到他后异常兴奋。他清清楚楚听到玛丽说："我来自加利福尼亚。"

牛好色身体前倾问："美女，你从美国回来？"

"Yes。"玛丽说。

"回来干吗？美国多好！"

"再好也不是自己的祖国。同胞崇洋媚外，其实国外没有你们想象得那么好。我回来自主创业，报效祖国。"

"冒昧打听一下，你从事哪方面创业？"

"艺术品收藏和投资。"

牛好色眼珠快速转动，问："美女，你知道宋庄吗？"

"宋庄？没听过。"玛丽一脸无辜。

牛好色兴奋起来，对方没听说过宋庄，他就有了发挥空间。他眉飞色舞地说："宋庄太出名了，是艺术家的天堂。圆明园画家村撤了之后，就数宋庄了。全世界的艺术家都集中在那儿，等待机会，一道儿爆发。你搞艺术品收藏，没去过宋庄真是太可惜了。"

玛丽装作对宋庄一无所知，转头用好奇的眼光看着牛好色，装着萌样说："我在国外待久了，对国内的情况不很了解。北京真有这样的艺术区？"

"当然，不仅是艺术天堂，也是性爱天堂。"

玛丽故作惊讶："My God！怎么是性爱天堂？"

牛好色知道说漏了嘴，赶忙说："开玩笑的！开玩笑的！都是一帮特勤奋的艺术家，在那儿创作。什么也别说了，今天碰巧了，我工作室在宋庄，回去拿样片。你要对宋庄有兴趣，半道上跟我下车……"

玛丽直截了当地答道："有兴趣啊，太有兴趣了！"

有读者可能会疑问，宋庄就一个村庄，大家都在一个村庄生活，就算不认识，也相互会有个照面，玛丽这套下的也太玄乎了！其实，宋庄不只是一个村庄，而是由许多村庄共同组成的一个镇，有喇嘛庄、辛店、大兴庄、杨各庄、小堡、宋庄等。大约有三万艺术家散居在这些村庄里，来来往往，时隐时现。有的生活在一个庄子里，多少年也不见得认识。他们不同于村庄里的农民，相互嫁娶，走亲戚，分红，选村主任。他们各自生活在自己的小圈子里。

牛好色怀着无比激动的心情，领着"美国人"玛丽在宋庄牌坊下车。宋庄牌坊立在通燕路旁，巍峨矗立。牛好色盯着玛丽脚一落地，仿佛觉得他的电影资金也落了地。他招手要了辆小摩的。摩的门一打开，他想扶玛丽上车，而玛丽身手矫健，一下子就蹿了上去，熟练程度让牛好色有些吃惊。开摩的的小伙子回过头，对玛丽龇着黄牙一笑。

牛好色问："你们认识？"

"怎么可能认识？我第一次来。"玛丽说。

开摩的的回过头说："你坐过我几回车呢。"

"你认错人了。"

开摩的的说："不会错，你住喇嘛庄。"

玛丽脸色大变，铁青着脸，骂道："神经病！"

牛好色说："喂，好好开车，认错人就认错人，别见了美女就套近乎。这是我的美国客人。"

开摩的的笑道："好好，捎了个美国客人。"

牛好色对玛丽说："这就是宋庄的风格，开摩的的都骚，见到美女就套近乎！"

玛丽板着脸说："吓着我了！"

玛丽对这个开摩的的多嘴多舌、好管闲事，很是恼火。她装着拘谨，双手抱紧坤包，东张西望，像是到了一个完全陌生的地方。

玛丽问："你要把我带到哪儿？"

"去我工作室啊！你有空儿，参观这儿的画廊、艺术馆，有一百多家……"

"那太好了。我还是在纽约曼哈顿去过画廊……"

玛丽想，戏已经演到这种程度就干脆演到底。牛好色不是导演吗？那就让他见识见识我这个业余演员的演技。摩的开过五星红旗飘扬的小堡广场，向北来到帽儿塔的环岛。这里距离玛丽的住处也就一里地。她装着对什么都好奇，指着当初大胡子参与修建的帽儿塔问："牛导，这个塔是什么意思？"

问帽儿塔的一定是刚到宋庄的人，初来乍到的人几乎都要问同样的问题。牛好色眉飞色舞地讲解说："这是宋庄的标志，是宋庄的LOGO。你看顶上，那小肠似的一节，金黄色的，底下，这一圈全是泥沙。顶层是精英，就那么一小节，底下这泥沙硬撑着的是人民大众。这就是他妈的社会，社会就是不平等，社会就是圈子，从前叫阶级，现在叫圈子。看这帽儿尖，一圈一圈，你成功了，你就进入上一圈……"

这番话，她听大胡子说过好几回，大胡子为进入上一圈私奔了，留下她在底下当泥沙。她装着头一回听说，惊讶地说："你们艺术家就是复杂，一个塔儿，竟然有这么多含义！"

牛好色的工作室在环岛一号，六十多平方，里面堆着拍摄器材，两台做后期的电脑。屋里搭了个二层平台，铺着地铺。玛丽在门口站了好一会儿，习惯屋里昏暗的光线。她从这个小工作室判断出牛好色是个小导演。她无须看作品，才华算个屁，你若是大导演，就不会这么寒碜。她想结束演出，立马回喇嘛庄。但是，表演得如此精彩，结束似乎有点儿可惜。这样是否就算是一脚踏进演艺圈了？她想继续演下去，看看到底会发生些什么。

玛丽故作姿态地惊呼道："My God！你们中国电影就在这种环

境里产生？这和我们好莱坞完全不同，太不可思议了！我的意思是太神奇了！”

牛好色看看屋子，连一个让客人坐下来喝茶的桌椅都没有。他只好解释说：“就一干活的地方。”他把一张三条腿的凳子挪过来，一端搁在箱子上，让玛丽坐。

玛丽却熟门熟路地往二层平台上爬，站在楼梯上，指着乱七八糟的地铺问：“这就是传说中你们导演和演员潜规则的地方？”

“哪能？这都是加班给演员临时休息的。”牛好色红着脸说。

玛丽的话触动了牛好色的痛处。在一般人想象中，导演和演员潜规则是家常便饭，牛好色也十分渴望，其实，这样的机会并不多，只能瞎猫碰上死老鼠。有这样机会的都是大牌导演，得是能呼风唤雨的大腕。他拍的都是些小成本电影，求爷爷拜奶奶地四处寻钱，在投资人面前当孙子，有潜规则也得让给投资人。有女演员带着钱进戏，他敢潜规则吗？小妞儿后面都是爷，他怕让人打断他的小腿。在潜规则方面，他都赶不上他的徒弟德子。

玛丽指的地铺是他徒弟德子的。师徒俩最近闹别扭，他把德子赶进城里了。德子二十来岁，染一头金发，人长得帅。德子在宋庄至少睡过二十多个女人。德子泡女人，不用上网 QQ，也不用微信，全凭小狗介绍。一只贵宾犬，叫咪咪，棕红色。一下班德子就牵着咪咪去遛，加入到众多的遛狗行列。小狗之间打闹，狗主人趁机闲聊。狗的女主人参观他的工作室，到他这儿看片子，有的就爬到德子地铺上。人在二层地铺上搞，狗就在工作室大厅里闹，也算是欢乐祥和。德子没房没车没存款，养宠物的女人和他上床，没有提出

一般人想象中导演和演员潜规则是家常便饭。女角色也十分渴望。其实。这样的机会并不多。

过更高要求，基本上算是下了床就一般朋友。这种事让牛好色碰上过几回，一肚子羡慕嫉妒恨。

牛好色怎么跟德子闹别扭呢？师徒相处好多年，用阿黑的话说，亲若父子。有一回，牛好色领德子去某地拍片，党校宾馆无偿提供住宿。德子拍片时把小狗咪咪也带上了。偏偏小狗来经血，把宾馆沙发和地砖全弄上了血，宾馆经理气得要立马请他们滚蛋。牛好色给人家赔不是、赔笑脸，亲自打扫，把血擦干净。他始终没有责怪过德子一句。这回能闹起别扭，事态要比小狗来经血严重得多。

牛好色看上女演员赵燕，两人眉来眼去，刚刚进入状态，谁知道徒弟德子竟抢先下手。德子打电话约赵燕吃饭，赵燕演艺圈混的，知道德子什么企图。赵燕在电话里讲得清楚，请吃饭可以，不许有非分之想。德子听了这话，估计事情没谱，就请赵燕吃牛肉面，牛肉面便宜。吃过了，德子忽然从兜里掏出一个避孕套，问赵燕："奇怪，谁把避孕套放我兜里了？"结果赵燕把这件事告诉了牛好色。牛好色气得就差吐血，心想，我好容易弄上一个，你竟然连师傅的女人也敢泡？德子挨了牛好色一顿臭骂。

玛丽说这地铺是牛好色潜规则的地方，捅到了他的痛处。这地方是他徒弟德子潜规则的地方。玛丽看着这乱七八糟的地铺，心理上也有让牛好色非礼的思想准备。毕竟在宋庄这么多年，碰到的色狼比村子里的野狗还要多。但是，牛好色另有所图。他把玛丽这个美国海归忽悠来，可不是为了上床，而是想为他的电影筹款。再说他这几天心里总想着赵燕这小丫头片子，六神无主，一时也分不出二心来。牛好色一本正经地说："我马上要赶回城里，你看着办。住宾馆吧，路口有一个七天连锁，挺干净的。要是不怕脏，就住这地铺。”

玛丽认为牛好色在装，孤男寡女一张床，男人想什么，她很清楚。她不怕对方装，对方越装，戏演得越大。牛好色的这句话，一下子提醒了她。房东这几天不是闹着要房租吗？干脆在这儿躲上几天，直到有人来替我交这个房租。在宋庄弄个一夜情，弄一个廊桥遗梦，也就有人来交房租了。牛好色的工作室虽说寒酸，骗他交个房租，问题不大。

玛丽正色道：“牛导，你这话真提醒了我。我在城里住北京饭店、钓鱼台宾馆，什么五星级都住过，不稀罕。我从小就想体验剧组的生活，我就住这儿吧。我要看看你们怎么工作，看看中国电影是怎么产生的。”

牛好色一怔。他没想到这个美国女人，竟然这么脏的地方都肯住。他什么话也不说，把门钥匙从钥匙串儿上解下往玛丽手中一丢说：“在这儿，你随意。”

“有什么值钱的东西？珍宝首饰，现金银行卡？少了什么我可负担不起。”

“这儿，就你最值钱。有你这么值钱的押着，怕什么？”

牛好色出门开着他的破吉普车回家。他老婆规定只要不出差，晚上八点必须归家。牛好色怕老婆。玛丽看见牛好色的车出了环岛大门，就打电话给朋友，说她最近去海南三亚旅游了。她趁着夜色悄悄潜回喇嘛庄，拿齐生活用品，拖着个旅行箱搬进了环岛一号。在这儿，她充当起美国人。而在喇嘛庄，她只是个中国人。

3　爱情价码一百万

画家二毛睡到太阳晒到枕头上才起床。他脸不洗，口不漱，坐在沙发上抽烟。这就算开始了他一天的工作。你不要以为他的工作是画画，他的工作其实是看微信，发微信，给朋友圈点赞，夸群里美女漂亮，抢隔夜剩下的红包，附和各种针锋相对的观点，贴几幅自己的画作……

画室沿墙根儿摆着十多幅油画，有的已经完成，有的正在进行。完成的上面落了灰，灰蒙蒙的。若有客户要，就上油擦亮，像卖皮鞋似的。有几幅搭在画架上，画了大半年了，每天画上一两笔。卖不出去，又不急着卖，若有人来参观，看见他几幅画同时画，也给人勤奋画画的印象。

二毛觉得微信比短信、QQ、微博更能接近陌生事物。他的未来、希望、财富、贵人、桃花运，都指望着微信。一早上，那些宅女闲妇养精蓄锐，开始在微信群里发红包，姐姐妹妹地互致问候。二毛知道，这里就有他潜在的客户。他向各式各样的女人请安问好。宅女闲妇多寂寞，只要你有充分的耐心，就很容易捕获芳心。

千里之外，二毛的家乡，是一个农村小镇，方圆百里的人都知道这个小镇上出了一个史无前例的大画家二毛。从前在小镇上一幅画卖一千块钱也没人要的二毛，到京城后已经卖上十多万了。村民们从报纸网络视频上掌握着二毛的最新动态。二毛已经成为地方上一个大人物。他返乡，就会有市长、县长、镇长请他吃饭。在二毛老婆心中，丈夫正为着艺术、为了家庭幸福在京城打拼，想着军功章你一半我一半，如抗战时大后方的妇女，忍受着孤独和对丈夫无限的思念。

二毛的生活大至如此，上午十点多起床，抽烟，发微信，中午邀朋友喝小酒，下午休息一会儿，在画室与人聊天，晚上邀朋友喝小酒儿，酒足饭饱打扑克。他们组织了一个“牌协”，开始几个画家加入，后来画家夫人也加入，“牌协”队伍壮大。打牌到夜里十二点散伙，他要工作了。夜深人静时画上半小时，听音乐，借着酒性，幻想着一朝成名。凌晨时又是发微信，聊天。宋庄的画家在全国粉丝多，有时，他得同时和七八个人聊，直到眼睛实在睁不开，就算完成了一天的工作，进入甜美梦乡。如此春去秋来……

二毛的画室有一百五十平，年租金两万五，几年来房东从不提涨价。原来有一个画家在这间屋里自杀了，这件事在宋庄很轰动，一直没人敢来租这个房子。二毛没钱，人没钱就胆大。他在这儿住了两三年，从没有出现过什么午夜凶铃、倩女幽魂。他说捡到了一个大便宜。

宋庄房租高，物价高，画家又相互拆台，画不好卖。他在宋庄一幅画也没卖掉，但是在老家却卖了两幅画，卖给了高市长。两幅画卖了十多万。之所以能卖这个价，就是因为他在宋庄。在这儿，他就是北京画家，画价就翻了几个跟头。这就是有那么多的画家待在宋庄咬牙死挺的原因。

二毛曾经采取以物易物，以这种原始社会的方式，用一幅画换回一百瓶茅台酒。茅台酒是茅台镇生产的赖茅，包装和口感都和飞天茅台很像。如果按飞天茅台计价，一瓶一千,一百瓶就是十万。他和酒代理商站在画前合影，然后微信发往各地报道:“著名画家二毛的什么画让赖茅酒厂以十万元价格收藏……”事实是这样，赖茅酒的市场价只卖一百元，而出厂价只有二十元，一百瓶也就两千。一幅油画只卖两千，多么耻辱的价格。但是，二毛和他的酒友不这么想，他们更有战略眼光。小堡西街，小堡广场，工场路，东区，人们经常看到一个天天喝茅台酒的画家二毛，喝得摇摇晃晃，迈着罗圈腿，眯着小眼睛，鼠头鼠脑，蓄着山羊胡子……他要的是天天喝茅台的名声。

今天，二毛心事重重。此刻，他的女徒弟朵朵正在云南大理飞往北京的飞机上。这回一定要勇敢，一定要把朵朵弄到手，大不了和老婆离婚。周围的几个画家提醒他，如果再下不了手，到嘴的鸭子就飞了。他们嘲笑他尿，不像艺术家，一个女学生都搞不定。有几个放出狠话:“二毛，你再不动手，我们就动手了。”

二毛的弟弟三毛已经换过好几个女人，像他这样的当代艺术家，如果制造不出一些风流艳事，对知名度和社会影响力都有极大损害。二毛发誓，再也不能迟疑了，这回就把朵朵搞定。

半年前的一天，当时二毛也是像现在这样躺在沙发上抽烟。推门进来一个女学生，背着背包，一双白球鞋，齐耳短发。女学生胆怯地问："老师，我可以参观你的画室吗？"

"当然可以啊！"二毛故作深沉，屁股坐着没动。

女学生在他这堆画框前犹豫地站着，眉头紧锁。她压根儿看不明白二毛画的是什么。她内心只有一个念头，这画画儿的是个精神病。二毛画了一堆笼子。他把本该是画人的地方，全部置换成笼子。

"老师，你养鸟的吗？"女学生问。

"怎么问这个问题？我不养鸟。"

"那你为什么画这么多笼子？"

二毛来了精神，觉得有必要给这些无知的少年作讲解。他乐于对青年人进行文化启蒙。二毛说："姑娘，你看过钱锺书的《围城》吗？里面有一句话：'城外的人想冲进来，城里的想逃出来。'我们人生何尝不是这样？我们都是关在笼子里的人，我们的心灵和肉体都封闭在一个个笼子里。什么叫自由？自由就是挣脱人生的铁笼。我是搞当代艺术的，我和宋庄那些下三烂画家不同。我的画里表现对生命的探索和对人类的终极关怀……"

二毛这段道白足以打动这些懵懵懂懂的艺术青年。对几乎所有来看他画的人，他都是这段相同的表白，这段表白是经过高人指点和他反复锤炼加工的。二毛为什么画笼子呢？这种崇高的托词背后藏着他最隐秘的疼痛。

第一年高考落榜，家里让他到村里的铁丝厂上班，一天十小时，用老虎钳铰铁丝，制造各式各样的笼子。这是他人生中难忘的一段经历。他的人生和绝大多数农村青年一样，在家务农，在乡办厂打工，或者去城里当农民工。他干了一年多，第三年才考上了一个师范艺术学校。从此，他就当上了画家。画画儿时，他总是不知不觉地画笼子，就像他在村办厂里用铁钳熟练地铰着铁丝。他分辨不出画笼子和制作笼子的区别，也只有在画笼子时，他似乎才能稳稳地站在地上，摆脱在油料和色彩前的那种眩晕。

在他画室的正面，有一幅三张油画拼起来的大画。女学生知道这是德拉克洛瓦的名画《自由领导人民》。但是，二毛把画中的人物全部置换成丑恶不堪的青花瓷蛤蟆。女学生怯怯地问:“老师，你为什么要把法国大革命的英雄换成蛤蟆？这种构图完全是大师的，你又有什么创意呢？”

二毛有些激动，这是他最得意的一幅作品，标价五十万。“怎么没有创意？你看这里。”二毛指着一只蛤蟆的两腿中间，“看到了吧，我在这儿添了个美国自由女神像。一般人不细看看不见。”

女学生趋上前，看到底色里一个暗暗的影子。“哇，老师，你太棒了！”

女学生叫朵朵，学艺术设计，大学刚毕业，背着背包就来闯北京。二毛和朵朵喝茶聊天，朵朵给二毛泡茶添茶，说想拜二毛为师。二毛说可以啊。二毛领朵朵看隔壁的厢房，有床，有茶儿，堆着一堆杂物。二毛说朵朵可以住在这儿，当他的助手，房租水电全免，平时帮助烧饭，来客接待，打扫卫生。朵朵就把背包往床上一扔说：“终于找到家了。”

二毛说别碰这间厢房里的杂物，一个朋友放在这儿的。朵朵当然不会碰。这些东西其实是之前自杀的画家的。那个画家有个情人，曾经打电话来说有空来拿走这堆东西。不过，摆在这儿两年了，也没见有人来。平常这间厢房二毛都不敢进。朵朵来了，他要让朵朵做个试验，让朵朵睡这间屋子。

第二天，二毛问朵朵，睡得好吗？朵朵说，好啊！二毛也就放心了。二毛画室忽然多出一个年轻女学生，他也一下子找到了人生的新起点，晚上不打牌了，专心画画儿。他在大画架上画，朵朵在小画架上画。两人闲着聊天。

朵朵问二毛，家里有些什么人？二毛说，家里没人，就他一个人，为艺术正单着。他看一眼朵朵对这句话的反应，发现朵朵没有表情，不为所动。半夜里，二毛老婆打电话来查岗。二毛鬼鬼祟祟捧着电话在门外低声说话。朵朵问，半夜里谁的电话？二毛说是房东催房租。朵朵笑了，半夜催房租，这房东也太苛刻了。

朵朵来了一段时间后，二毛竟画不出笼子了，莫名其妙画起人体来。各种女人的人体，画得模模糊糊，朦朦胧胧。

朵朵跑过来一看，问：“老师，你这画的什么？”

二毛说：“梦幻人体。”

南方女孩成熟早，朵朵早懂得男女之事。她见二毛画出许多肉色女体，明白了老师也是人的道理。朵朵正色道：“老师，你别胡思乱想，我只是你的学生，只向你学画画。你有家庭，我打听过了，

多肉色侬
二毛画出许
南方女孩。成熟早

我希望你画出优秀的作品。”

二毛反而不好意思起来，尴尬地说：“接受批评！”

二毛的狐朋狗友听说他收了年轻的女学生，一个个没事就来串门。他们跟二毛开荤段子玩笑，朵朵正色道：“你们都是我的老师、前辈，别往歪处想。二毛只是我的画画儿老师，他比我父亲还大一岁呢。”

众人起哄：“年龄不是问题。”

朵朵大大方方一笑：“是问题，或者不是问题，我都不会嫁给宋庄艺术家。我学完画，就回云南老家。”

这段时间里，二毛焕发出青春和活力，感到艺术女神正向他招手，感到色彩和构图都有所长进。可是，好日子不长，这美好的生活很快让他老婆给掐断了。他老婆从老家来看他，只看了朵朵一眼。女人有未卜先知的能力，就直截了当给二毛三个选择：一是离婚，二是回家，三是请朵朵走人。二毛权衡再三，觉得还是第三条损失最小，就请朵朵走了。这件事对二毛打击很大，耿耿于怀。他对诗人阿黑说，觉得欠朵朵的。他肯定地说自己没碰过朵朵一根手指头。这一点，画家们相信，如果碰过了，二毛就不会耿耿于怀了。

二毛前天接到朵朵的微信，朵朵又要来宋庄了。二毛邀请朵朵住到他工作室，像从前一样。朵朵说：“到时候你又把我赶走。”二毛说：“如果上天再给我一次选择的机会，我就不会像上次选择第三条，就会选第一条，离婚。”

二毛喝了几杯小酒，激情澎湃地替朵朵收拾房间。屋子一直关着，墙角挂着蜘蛛网，地上一层厚厚的灰，床肚里有一只风干的死耗子……他扫地、拖地，幸福地哼着小曲。他挪动一只旧纸箱，箱底压着一张画。扯出来，掸去灰尘，画磨破了，是一幅仿宋徽宗的《芙蓉锦鸡图》。他听说过那个自杀的画家是画工笔的，善于仿宋画。他虽说画油画，也受过中国画训练。他仔细看这幅画，仿者功力很好，线条细腻，布局平稳，简洁，上色古朴……特别是画上的几个瘦金体字。画易仿，字难仿……反正画的主人已西去，他理所当然占为己有，把画拿进画室，轻轻吹去画上的灰尘。二毛忽然心生一计。

二毛看了看表，朵朵大约下午两点到，此刻她正在祖国的天空翱翔。他答应给朵朵接风。一般来客人，他要喊上弟弟三毛作陪，今天考虑再三，决定不喊三毛。三毛学画是他手把手教出来的，现在三毛的名头比他大。三毛不仅画画儿名气比他大，人长得也帅，四十多的人，一头卷发，看上去像"韩流"。他和三毛站在一起，别人不相信他们是孪生兄弟，都夸三毛帅气，批评他长得怪诞。三毛有"师奶杀手"之称。如果兄弟两个面对同一个美女，基本上哥哥没戏，这就是上帝的不公。二毛时常在三毛面前摆个兄长派头，对三毛品头论足，可是三毛压根儿就不买他的账，甚至在台面上和他争吵起来。争吵归争吵，毕竟亲兄弟，两人在艺术上，相互指责对方误入歧途。三毛更善于表达，兄弟俩在一块儿，风头全都让弟弟占尽了。朵朵来，他决定不让弟弟出场，不给三毛这个机会。

二毛觉得最可靠的算是诗人阿黑。阿黑归为矮穷矬类型，在女人面前全无竞争力。请阿黑来另有一个好处，要阿黑给他的几幅画写诗。阿黑能几分钟内就写出一首诗。上回三毛搞画展，把阿黑的诗附在画作旁，竟收到意想不到的效果。另一个画家兼酒友三观是个道士，一袭长袍，长发齐肩，面色红润。三观画国画，一般画油画的和画国画的老死不相往来，相互蔑视，相互指责，但是三观是二毛巴结的对象。宋庄地面上人头杂，有东北帮、齐鲁帮、陕西帮、广东帮、江浙帮等，三观武功了得，在宋庄喝过酒打过几回架，大家都怕他。用二毛的话说，他和三观交朋友，没人敢欺负他。

二毛给朵朵接风，请一个黑矮矬的诗人和一个道士作陪，可算用心良苦，看来这趟是真下了决心，非得把女徒弟弄到手。路上堵车，中饭一直拖到下午三点。朵朵带了几样云南特色菜，熏鸡，烧鱼干。二毛叫橘子洲头送了几个湘菜。阿黑把牛好色拖来吃白食。三观拎来一瓶高粱酒。

二毛说："三观兄，你这瓶高粱酒摆在这儿，改天再喝，朵朵来了，得喝茅台，喝我的赖茅，要上个档次。"

牛好色高兴地说："这么好的酒，今天车也不开了。"

接风宴摆在二毛的小院子里，四方桌，条凳。院子里搭了个架子，架子上挂着葫芦。在院里喝酒聊天，看天上云朵，听院墙上小鸟叽叽喳喳，也是别有情调。

朵朵端菜上来。二毛对众人说："我这个学生，做菜手艺比我老婆强多了。我马上回家离婚娶朵朵。"

朵朵敲敲锅盖说："你离婚不离婚，跟我没有半毛钱关系。大家听着，我可没有答应嫁给他。"

二毛放下酒杯问："我这么优秀，怎么就不能嫁给我？"

朵朵说："你看你，租个破屋子，巴掌大的画室。我要是嫁给你，你养得起我吗？在北京买房，买车，孩子上学……别做梦了，好好画好你的画儿。你看人家沈敬东、吴震寰、黄英天天画画儿。你这几幅，上回我走的时候就这几幅，都快一年多了，还是这几幅……”

阿黑竖起大拇指说：“多好的姑娘！”

一会儿，朵朵也坐上桌来。众人敬酒。朵朵讲她在家乡搞了个艺术客栈，等到明年请宋庄艺术家去写生。二毛一副唯我独尊的表情说：“请别人干吗？我带几个人去就行啦。”

“诗人可以去吗？”阿黑问。

朵朵说：“住宿免费，伙食自掏腰包……”

众人高谈阔论，谈笑风生。阿黑问二毛怎么没叫三毛来喝酒，二毛支支吾吾。三观说，三毛泡妞高手，三毛来了，就没二毛什么事了。二毛说，自家兄弟，肥水不流外人田，相互不分彼此。

牛好色吃相难看，一个劲地扒菜，吃菜的动静很大，发出吧唧吧唧的响声，众人就停下筷子看他。牛好色是阿黑领来吃白食的，他这个吃相，让阿黑都感到丢面子。阿黑就找出话题来打岔，揭发牛好色包二奶，说牛好色才是泡妞高手，在工作室藏了个美国富婆。众人要牛好色交代。牛好色说是投资人，刚从美国回来，要体验生活，就住在工作室。牛好色正色道：“这玩笑不能乱开。我家里的母老虎没事还三天两头敲打我，真有个什么事，就得把我给骟了……”

二毛说：“骟了桌上就多了道菜。”

朵朵见他们说荤话，就去屋里沏茶。二毛看着朵朵的背影问众人：“你们说宋庄谁最有钱？”

阿黑说：“我不知道谁最有钱，但知道我们几个都苦逼。”

二毛故作神秘凝重地说："不见得。"起身摇晃着进屋。

阿黑说："三观兄，二毛酒多了，会不会进屋骚扰朵朵？"

三观说："骚扰你也没法子。他们住一块儿，你天天来看住他们？肉在锅里，不见得就到了嘴里。"三观夹一块肉塞进嘴里。

一会儿，二毛拿了一个塑料袋过来，轻轻扯开封口，悄声说："宋徽宗真迹，我祖上传下来的。我祖上王羲之收藏的。"

"没搞错吧？王羲之东晋人，比宋徽宗早几百年，怎么收藏？"阿黑问。

二毛一时语塞。三观打圆场说："王羲之有个后人叫王阳明，明代大儒，二毛是王阳明的后人。"

二毛说："对，三观兄了解我。我祖上王阳明传下来的。"

朵朵过来给大家沏茶。二毛说："徒弟，过来看看，宋徽宗的画。"

朵朵一时没反应过来，以为是宋庄画画儿的，边给众人倒茶边说："师傅，宋庄我就认你，不认宋徽宗。"

二毛高声道："徒弟，你怎么连宋徽宗都不知道？三观是国画的大师，三观兄，给我徒弟讲讲宋徽宗。"

三观也不看画，闭着眼睛，抿一口酒说："宋徽宗是宋朝第八个皇帝，后世说他'诸事皆能，独不能为君耳'。他琴棋书画，风花雪月，样样皆精。最善于画画，是宋画的代表人物，人称意境营造大师。瘦金体就是他自创的书法字体。他推崇的雅致、简洁形成宋朝的美学标准。宋徽宗的画价值连城，皆为世界之宝……"

阿黑和牛好色脸凑到画上。牛好色用手指头轻轻触碰着画纸，咂咂嘴说："这画要是拿到国外，能卖两个亿。"

阿黑吃惊地说："这张破纸值两个亿？！"

牛好色动容地说："你上网搜搜，保利拍卖记录，苏富比拍卖记录……就这玩意儿，几个亿，比他妈整个宋庄还值钱。"

二毛对朵朵说："徒弟，只要你肯嫁给我，这画就归你。"

朵朵说："什么宋徽宗，你讲的虚头巴脑的，要画有什么用？你丢一百万，我人就是你的。"

二毛对着众人说："你们听，朵朵说的，一百万。大伙做个见证。"

"一百万，我豁出去了。你有一百万，人是你的。"朵朵坚定地说。

二毛斟满酒，举杯，对众人宣布："祖传的国宝，值两个亿的宋徽宗真迹，今天，二毛为了爱情，一百万出手。你们帮我联系，谁愿意买，我就卖谁。祖宗要骂我不孝、败家子，这都是让爱情害的……"

二毛一口干了杯中酒。

4　阿黑和他的一百八十万

小堡西街的二毛有一张祖传的宋徽宗画，价值两个亿，为了追女徒弟朵朵愿意一百万就出手。这消息夹带在画展、画室转让、发红包和抽大奖等消息之间，悄悄在宋庄传播发酵，一时间成为人们茶余饭后的谈资。这种消息发生在别的地方，压根儿就没人信，但是发生在宋庄，就有人信。艺术家什么荒唐事做不出来呢？

玛丽正躺在地铺上做面膜。牛好色气喘吁吁地上楼。牛好色刻意夸张地扭着屁股往平台上爬，他嗅到一股女人的化妆品的气味。玛丽坐直起来，吓了牛好色一跳。一个脸上敷着白面膜的人，像个吊死鬼，眼睛从两个洞洞里看他。他从眼球的转动可以判断这就是玛丽。

“大买卖！大买卖！做完这笔，这辈子就甭做啥事了。”牛好色说。

玛丽没有急着搭腔，举起一面小镜子，照照，拍拍脸，从面膜的口洞里发出轻微的声音："什么大买卖？"

牛好色往玛丽旁边一坐，表情夸张地说："大买卖！小堡西街的二毛，王羲之的后人，手上有一张宋徽宋的真迹。这小子吃错了药，谈什么爱情，追求女学生，答应一百万出手。这画拿到美国什么价格？少说两个亿。"

玛丽斜眼看了牛好色一眼问："一百万就出手？"

"一百万。"

"有这种好事？"

"这画，我亲眼见了，这根手指头，零距离接触了。古画就是古画，手感都不一样。"

沉默了一会儿。玛丽说："可惜……我的银行卡和信用卡全丢在美国了。"

"让人寄来啊！"牛好色说。

"怎么寄？加利福尼亚的别墅就我一人有钥匙。"

牛好色点上一支烟说："我钱全让我老婆控制着。我有钱，肯定拿下来。世界上没有比这个更好的买卖了。"

玛丽往牛好色身边挪挪，胳膊碰了一下他说："要么，跟你老婆协商，先借给我，我去美国加倍偿还。"

牛好色不乐地说："我哪有钱？"

玛丽继续拍打着脸上的面膜，发出噗噗的响声。"小气鬼！会还你的。"

这几天，玛丽对牛好色的印象正在改变，牛好色并不像她预想的好色，一直没来骚扰她，而是她主动骚扰牛好色，俗语叫“撩骚”。她和女画家桃子说起牛好色。桃子说牛好色是装的，哪有不好色的导演？哪有送上门还不要的？但是就算伪装吧，能装上这么多天，也真的让人敬仰。若是牛好色一开始就骚扰她，她反而有些不适应，这几天好像已经适应了对方，可是对方偏偏摆出一副坐怀不乱的柳下惠的样子。牛好色像个正人君子，只与她谈人生理想，不动真枪实弹。她自卑地怀疑自己是不是老了，男人已经对她失去了兴趣。桃子说玛丽在宋庄还是很有杀伤力的。若是牛好色真的没有那种意思，她在这儿睡地铺就失去了意义。睡地铺不就是想让牛好色替她交房租吗？

有一回，她请牛好色去大排档吃黄焖鸡。牛好色说他在家里吃不到鸡，顶多喝口鸡汤。家里的地位排列，首先老丈人，然后老婆孩子，然后小狗，他排在小狗的后头。牛好色说着就哭了，边哭边说，他老婆家是河北的，岳父是村支书。结婚前老婆是个苗苗条条的爱电影的小姑娘，结婚后，就像馒头发了酵，变成大胖子，脾气越来越坏，动不动就家暴。牛好色惧怕老丈人家的势力，一点儿反抗能力都没有，就这么日夜煎熬。玛丽说，你若不幸福，可以提出离婚啊。牛好色说只要离婚这两个字一说出口，他的两条腿就让扁担给抽断了……

玛丽挑逗牛好色，问他跟不跟老婆做爱？这是个敏感问题，异性朋友间问这个问题，有点儿暗示对方往性方向发展的意思。她估计牛好色很难正面回答这个问题，没料到牛好色回答得直截了当。牛好色说，做爱，每周都做。说他们往往做到一半时，老婆就把他往下一推，说不做了，没意思。玛丽惊得说不出话来，再生动的小说家也想不出这样的故事情节。

牛好色本来设想把二毛卖画的消息告诉美国公民玛丽，玛丽从事艺术品收藏，这个消息绝对是从天而降的巨大商机，玛丽肯定对他十分感激。玛丽赚得几个亿，为他电影投个几百万，小菜一碟。可是，玛丽不为所动，左一个没钱，右一个没钱，如同当头泼了他一盆冷水。他心灰意冷，拍拍屁股从平台上往下走，边走边说："我哪有钱？"在楼梯最后的一级台阶，他停住脚步，忽然如梦方醒。

牛好色立住脚，回头看顶上的玛丽。玛丽正伏在护栏上往下看。他又看厨房门口一堆方便面。有美国富婆整天吃方便面的吗？这怎么可能是来自加利福尼亚？这分明是个屌丝女。

牛好色这样一想，疑点就更多了：海归富婆肯睡德子脏兮兮的地铺？玛丽怎么会认识宋庄的桃子？她不是说她从没来过宋庄吗？玛丽就是一个跟我一样的受苦受难的阶级兄弟姐妹。若早知道她是个受苦人，又好装逼，干脆上床，上过床，撵她走人。他所以没动玛丽，是想给美国人一个好印象，让玛丽觉得他是一个踏踏实实做电影的好导演。更主要的原因是，他这几天正盘算着勾搭女演员赵燕，一心难以二用。

牛好色上午给赵燕打电话，说要补戏，约赵燕来工作室讲戏，赵燕一口答应。他本来的计划是先讲戏，然后约赵燕吃涮羊肉，再去宋庄镇上的七天连锁开房。去宾饭开房有些不安全，宾馆有摄像头，这些都是证据。最好的地方就是公司，可是，玛丽待在这儿。他必须立刻把这个美国人赶走。

牛好色慢慢扭转身，又屁颠屁颠上楼，坐到玛丽旁边，温柔地说：“玛丽，这笔生意你千万别错过，做一笔，一辈子啥事也甭做，只管享受荣华富贵。”

“钱丢在美国了，我有什么办法？”

“你没办法，我有办法啊。”牛好色上楼时已经想好主意，“阿黑你认识吗？”

“你说的是那个诗人，昨天来公司的？”

“是。这小子，上回拿了一百八十万稿费。这小子抠门儿，钱还在，让他出这个一百万。”

“做梦吧！我天天跟你牛导泡，你都不借钱给我，阿黑凭什么借钱？”

“不跟他借，要他把一百万送你。”

“做梦吧！”

“你听我说。阿黑这小子写诗写呆了，到现在还没结婚，是不是童男子我不打包票！他老娘老爹天天催他结婚，要他给家里生孙子。你只要答应给他生儿子，他肯定给你这一百万。有了这一百万，拿去买二毛的画，然后拍屁股走人，去美国，卖上两个亿。”

“我去美国，阿黑怎么办？要我把他带到美国吗？”玛丽问。

“带他干吗？带我啊！我跟你去美国。阿黑就留在宋庄写诗。”牛好色快乐地往地铺上一躺。

宋庄这地方，艺术家、有钱人多的是，但要是说文化艺术修养、文史哲的功底，阿黑可不逊色于任何人。诗人的贫穷与画家的金钱地位差距，是市场的差距，并不是文化的差距。所以，在宋庄地面上，诗人阿黑也不把那些画画儿的放在眼里。阿黑说艺术区若是缺了诗人，就是一个生产车间。诗人才是宋庄的无冕之王。

许多年前，阿黑在家乡当车工，业余时间写诗。诗人何西写信要他来宋庄，说宋庄是诗歌和性爱的天堂。他就辞去工作，孤身来宋庄。他到宋庄已是身无分文，又与何西失去了联系。他就躺在小堡广场大石头上睡了一夜，直到第三天，何西才找到饿得半死不活的他。诗人找到诗人就找到了家。

阿黑爱上的第一个女人是小敏。他跟一帮画家去燕郊嫖娼，染上了性病。何西就领阿黑去找他的女朋友小敏。小敏是护士，后来小敏辞去工作跟何西一道生活。在公开场合，只要阿黑和小敏在，何西就这样介绍，说小敏是唯一看过阿黑生殖器又没有发生性关系的女人。

有一回，小敏来月经，何西要做爱，小敏不肯。何西就把小敏的东西扎个包扔到门外，不让小敏进门。小敏受了刺激，跑到密云去了，住在密云水库附近。有一种说法是她去水库自杀，后来改变主意，就在水库附近住下。阿黑去密云看小敏，坐了一天车，天快黑的时候，到了一个没有人烟的乡下。他问当地农民有没有一个女诗人住在附近，当地人摇头，说有一个女疯子，住在土地庙，女疯子时常光屁股在田地里散步唱歌。阿黑不敢相信这人是小敏。村民带他到土地庙。小敏就光屁股出来开门，看见阿黑高兴得一把抱住。村民吓跑了。

小敏说，阿黑来太好了，可以带他去看鱼。小敏进庙里套了条裤子，披着棉衣，拖着他出门。路过一个小卖部，又花十块钱买了一个猪蹄子给阿黑，怕他肚子饿。小敏看着阿黑啃猪蹄子，阿黑边走边啃，眼泪就流了下来。他们走了五里地，到了水库边。天上乌云密布，要下雨了，黑咕隆咚。密云水库的水哗哗地冲击着堤坝，风很大。

阿黑说，回去吧，看不见鱼。小敏笑嘻嘻地说，没关系，我把月亮叫出来。她披头散发地站在堤坝上，张开双臂，对着天空高喊："月亮，月亮，出来吧！"忽然，天上乌云翻滚，月亮就从云隙中出来了。阿黑吓得魂飞魄散，拔腿就跑。小敏披头散发在后面追……

阿黑回到宋庄，为了小敏跟何西打了一架，从此绝交。阿黑和一群搞行为艺术的混在一起。他最著名的行为艺术是挂了个牌子，上面写着："我写诗，我有罪！"他站在小堡广场昆仑石头底下自己批判自己，低着头批判了一整天。他还表演过吃屎，才吃了一半，让派出所抓了进去。阿黑说他吃的不是屎，是糖做的。他当着所长面吃，派出所把他赶了出来。

有一个从前写摇滚诗现在早就写不出诗的诗人小虾来任庄找阿黑。小虾给他上课，说你为什么找不到老婆？并不是因为你矮黑矬。小虾说自己也是个矮黑矬，但找的是韩国老婆。男人找不到女人的原因，归纳为一个字——穷！

小虾给阿黑指明一条发财的路子：写剧本，你他妈写剧本啊！这是天底下最暴富的行业。他要阿黑替他写九十集电视剧《王阳明》。双方签合同，电视剧署名第一编剧小虾，第二就是阿黑。电视剧一集稿费六万，小虾拿四万，阿黑拿两万。这就是个丧权辱国的条约，但是阿黑穷，人穷志短，只得接受。小虾说，阿黑有一百八十万，就可以娶宋庄公主。宋庄公主是谁？他们也说不清，只想象有一个

有一个从前写摇滚诗的
现在早就写不出诗的诗人小虾
来任庄找阿黑

最美的公主。

阿黑放弃写诗，把自己关起来读《明史》，儒家经典，阳明心学，所有王阳明的传记等，天天去网吧看电视剧，弄了一年，终于把剧本写好交给小虾。但是，小虾告诉他投资方撤资了，也就是说，阿黑白干了一年。那时，牛好色跟小虾合作拍微电影，他心疼阿黑，就悄悄告诉他，小虾从东北调了几个人过来，在阿黑的剧本基础上加工，准备另找投资方。阿黑就找小虾要稿费，小虾就哭，说自己没拿投资方一分钱。实际上，小虾骗了投资方两百万，胡搞乱花，让投资方发现才一气之下放弃与他的合作。

阿黑白干一年，拿不到稿费，生计都难以维持。他跑到通惠河边上痛哭。牛好色怕他寻短见，跟了来。牛好色安慰阿黑，并替他想了一条计策。牛好色让老婆冒充华艺董事会秘书，说公司看好王阳明电视剧项目，明天去大望路小虾公司考察，计划投资两个亿……小虾兴奋得一夜没合眼。第二天，小虾匆忙赶到公司，看到一个人直立在公司门口，披麻戴孝，举一白幡，上书："阳明已死！"这人是阿黑。操！别让这家伙毁了公司大单。小虾和阿黑谈判，一百八十万谈到十八万，阿黑拿着十八万走人。下午，小虾打电话给华艺的女秘书，一个开出租车的接电话，说不是什么华艺，昨天有一女的坐车，手机没电，拿他的手机拨了个电话。小虾知道上当已迟了。

牛好色散布谣言，说诗人阿黑得了一百八十万稿费，弄得全宋庄都知道。阿黑找牛好色质问。牛好色说是为他好，女画家听说他有一百八十万，会排着队来找他。阿黑以为凭才华可以赚钱，拿到钱才知道，赚钱就是打仗，讹诈，你死我活。

玛丽对牛好色所说的阿黑有一百八十万这事儿，半信半疑。她是一个行事果敢的女人，至少说，在牛好色这儿，她看不到希望。一个在家里连鸡都吃不上的男人，还有什么指望呢？如果阿黑那儿有那么一线生机，就有必要尝试。美国都闯过了，什么大风大浪没经历过？惧怕什么阿黑？人生就是一种挑战，失败和成功悬于一线。她有什么理由不试一试呢？

玛丽把自己打扮一番，喷了一头法国香水，把生活用品收拾进旅行箱。她对战胜阿黑有着必胜的信念。几天前在工场路，他们交过手。阿黑打碎她一只旧碗，她让阿黑赔了八百块。她能让阿黑掏八百块，也就能掏出他的一百八十万。

牛好色在一旁看着她收拾说："你这势头像要打持久战吧？"

"没那个闲工夫，速战速决。"玛丽说。

玛丽要牛好色陪她去找阿黑。牛好色说那样阿黑就警觉了。前两天阿黑来过公司，牛好色介绍说玛丽是美国好莱坞电影投资人。玛丽认为诗人单纯，至少说要比导演容易对付，最大的牺牲也不过就是上床。若阿黑是童男子，她还讨了便宜呢。

玛丽凭直觉，觉得这一趟像是出远门。在和平年代的宋庄，她生活在这些陌生人中间，一切就像是谍战片，潜伏、刺杀。她认为自己是天生的女间谍，不动声色，守口如瓶，善于利用一切可以利用的条件。她在这儿生活了十多年，走在街上、村口、庄头，有几个人能说清楚她真实的身份？美国人玛丽，背景一下子就被推到大洋彼岸。

玛丽在村口牌坊底下叫了一辆摩的，手里拿着牛好色画的地图，铅笔画在一张纸上，给开摩的的看。开摩的的看不明白，说到地儿就知道了。

夏日中午，阳光猛烈，晒得大地一片寂静。一切都在明亮的光线下沉睡。虫子钻进草丛，小鸟藏进树枝，狗儿躲在墙角，伸长了舌头，失去了对陌生人的好奇。路两旁高大的桦树林，树叶在微风中闪着银片似的光。

摩的过了任庄桥就进了一个小村子，像个小集镇。开摩的的是当地人，看不懂图纸，就问阿黑长的什么样？玛丽说又黑又矮。开摩的的问是不是找诗人？玛丽连连点头。开摩的的得意地说："早说啊，任庄这一片的诗人画家，我全熟。"摩的一直把她带到阿黑家大门口，一个生锈的大铁门，漆着墨绿色的油漆。开摩的的人熟练地下车用力敲门，喊着："诗人！诗人！"耳朵贴在门上听，听到里面脚步声，就匆忙转身上车，压低声音说："我任务完成。"开着摩的就跑了。

玛丽觉得开摩的的笑得怪诞，心想，难道他把我想象成那些上门与诗人偷情的人？她脸"唰"地就红了。

5　任庄的故事

阿黑住农家四合院，院子很大，有三间正屋，一侧有厨房。厨房无门窗，任庄的苍蝇蚊子自由光顾。没有厕所，厕所是邻居家的一个粪坑，要出门到屋子南边。院子有半亩地，种着玉米蔬菜。阿黑屙屎撒尿就在菜地里，菜地常年竖着一把铁锹，用于掩埋粪便。

这几天，阿黑心情很糟糕，隔壁的笑笑失踪了。

阿黑单身，笑笑也是单身，人们就认为笑笑的失踪与他有关。每个来找笑笑的人，都把他家屋前屋后看上几遍，用一种异样的眼光打量他。人们向他打听笑笑的去向，他一无所知，这就更增加了人们的怀疑。人们总是说："不会吧，你和笑笑不是挺好的吗？"有人甚至威胁说，人在做，天在看。

阿黑只能承受人们的误解。时间会做出公正裁决，眼下最紧要的是找到笑笑。找到笑笑，一切流言就不攻自破。他和笑笑之间，的确有着晦涩的关系。他怀疑他们各自都暗恋对方，只是某种道不清说不明的原因，把这种暗恋压抑着。笑笑失踪，这世上最担心的就数阿黑了。他又不能表现出来，而要向所有寻找笑笑的人表现出事不关己。如果他流露出任何对笑笑的感情，那么人们就更加怀疑他与笑笑的失踪有关。

玛丽的到来，阿黑认定也是找笑笑的。笑笑是老宋庄，认识的人自然就多。他打开门见是玛丽，一脸不乐地说："又是来找笑笑的？"

"笑笑是谁？"玛丽诧异地问。

"你不认识笑笑？"

"我怎么就认识笑笑？"

"噢，我以为你是来找笑笑的。"

"难道不找笑笑，就不欢迎我吗？"

"欢迎，欢迎。"

阿黑把玛丽让进院子。玛丽一见院子里的瓜果蔬菜，兴奋地说："哇！这院子好大！"说着，她就蹦进地里，拿手机拍西红柿、黄瓜、南瓜……两只小狗摇着尾巴跟前跟后。南瓜任意生长，在地上铺了厚厚的一层，一朵朵米黄色的小花从叶片间冒出来，有蝴蝶、蜜蜂在花间穿梭飞舞。玛丽拍了几张相片，发了个动态，直起身子仰面看天。头顶上蓝天白云，四周有郁郁葱葱高大的槐树，树枝从院墙外面探进来，几只灰雀在树枝上鸣叫……这一刻，她被这个美丽的小园子给陶醉了。

玛丽问："铁锹插在这儿干吗？"

"小心，别踩在屎上。"

玛丽吓得抬起脚，问："哪儿？"

阿黑解释："狗屎。小狗乱屙。"

阿黑是担心玛丽踩到那个刚挖的坑里。他刚刚屙了一泡屎埋在坑里，只撒了一层浅土。他对玛丽的造访心怀疑惑，认定她是来找笑笑的。玛丽找的方式和桃子她们相比更含蓄，桃子是直截了当地审问他。阿黑愤愤不平，这群女人有病，惊悚片、恐怖片看多了。她们一定怀疑我对笑笑先奸后杀，然后分尸埋在地里。这个玛丽为什么一进门先进地里呢？她拍照果真是拍花草吗？

笑笑的失踪像夏日浓重的乌云，压在阿黑的头上，随时就会电闪雷鸣。玛丽跟着阿黑往屋里走，边走边问："笑笑是你女朋友？"

"我没有女朋友。笑笑是隔壁女画家。"

玛丽悬着的心放下。阿黑指着院墙旁的一把扶梯说："我爬梯子往她家院子里看过了。八哥不见了。她要出门就把八哥摆我这儿，让我替她喂。鸟笼门打开了，八哥放跑了……"

玛丽对什么笑笑没有兴趣。她的兴趣在这个一百八十万的诗人家里，想象中的豪华和富有，充满着异国情调。她在脑子中勾画着各式各样的情景，匆忙间已一脚迈进屋里。屋里光线有些暗，等她适应了光线，吓了一跳。她就像到了一个工棚。宋庄的艺术家在城市的眼中，多数只能算是外来务工人员，所谓的高大上，自以为是，只是艺术家们的相互安慰。

玛丽在屋子里转悠着，西边一间屋没人住，撂了两张床，床上空无一物。她想这间屋可能就是她要住的地方。中间是客厅，一个茶几，两张长沙发，有个冰箱，有个电视机，电视机上落着灰。屋顶上一个吊扇有气无力地转动着。

“你不看电视？”玛丽问。

“电视机没接信号线，也没人看。”

玛丽最感兴趣的是诗人的卧室。东边一间屋关着，她指着门问：“这间能看吗？”

“有什么不能看？”

“里面不会藏着个美女吧？笑笑躲在里面？”

阿黑严肃地说：“我和笑笑是纯洁的。”

玛丽见阿黑表情严肃，就不敢继续开玩笑。她轻轻地推开门……阿黑坐在沙发上沏茶，头也不抬地说：“这是我的书房和卧室。地上是各地寄来的诗集。有人要买诗集，红包转账，我就邮售给他们，挣个生活费。”

“别人怎么知道你有这些诗集？”

“我在QQ群里、微信群里贴广告。”

屋里沿墙摆着几个顶到屋顶高的书架，架上排满了书，像一种装饰墙。地上堆着一捆捆书。一张床，看得出是一块大门板搁在两个条凳上。床上一条薄被，一个枕头。

玛丽这个年纪的成熟女性看男人卧室具有独特的视角，她一眼就看出阿黑没有女朋友。这对她十分重要，如果阿黑有女朋友，她就无法实施后面的计划。但是，为慎重起见，她必须弄清楚笑笑和阿黑之间的关系。她决定先把笑笑的话题放一放，直截了当转到阿黑的诗歌上。

阿黑最自负的是诗歌，最自负的就是最薄弱的。男人的使命是征服世界，女人的使命就是征服男人，征服男人最有力的武器就是顺服。她必须表现出对阿黑的顺服。

“诗人，我是冲你的诗来的。我在美国就知道中国宋庄有一个大诗人阿黑。”

“你也喜欢诗？”阿黑有些疑惑。

玛丽从容地坐下，一边喝茶一边说：“在美国，我跟艺术家和诗人保持接触，从他们口中知道你。宋庄在国外有影响力的诗人就数你。我以前也写诗，只是现在社交太多，没工夫写，放下了。回国后，我特地找了一本你的诗集，认真读了……”

阿黑笑了，说：“小妹，你开玩笑吧。我为生计而奔波，你要是对诗有兴趣，就赞助些钱，也算是为传承诗经楚辞汉赋唐诗宋词元曲做贡献……”

“我知道你不相信。”玛丽从旅行箱一侧夹层里抽出一本诗集，这是诗人张绍民主编的《自由》诗刊，一年只出四期。其中一期发表了阿黑的专辑《地球上的宋庄》。玛丽翻开，朗读道：

镰刀船
驶往第三条岸
疼痛的船
插着伤痕

镰刀船
黑暗比我想象的还要黑暗

你收割光明

心在船上摇晃
疼痛，疼痛
碰撞着岸

镰刀船
你割碎的心
锈迹斑斑
去远航

阿黑眼睛湿润了。他不相信一个从美国归来的女人，竟然如此喜欢他的诗。他静静地等玛丽读完说："你喜欢诗太好了。我有几本诗集，送给你。"

阿黑进屋里找诗集。这工夫，玛丽趁机走到门外，一直走到院墙边的柿子树底下，压低声音给牛好色打电话。

"牛导，阿黑真有一百八十万吗？真的假的？"

牛好色在电话的另一头诅咒发誓说："我亲手给他的，两箱子，全是一沓一沓的百元大钞。"

"他家里也太破了！什么也没有。"

"装的！这小子特装，他要是露富了，全宋庄的诗人就天天到他家吃……"

玛丽半信半疑地撂了电话。她在阿黑家里前前后后转了几圈，一点儿也看不出有一百八十万的迹象。她倒是看到了那天阿黑打坏了的她家的青花瓷碗，三个瓷片摆在书架上。她还看到阿黑和众多名人的合影，有一张是和她最崇拜的小说家申维的合影。

玛丽问:“申作家你也认识？”

阿黑自豪地说:“噢，他是我大哥！”

他们一边喝茶，一边谈文学诗歌。一开始，她还能说上两句，随着话题的深入，她就什么也不懂了，只能当听众了。她和众多混迹于文化艺术圈的女子一样徒有其表，压根儿不读书，即使读书也只是看些健美保健、成功秘诀、花边新闻等。阿黑讲话铿锵有力，旁若无人，自说自话。她听得很别扭，拼命地喝茶，额头上往外沁汗珠，强忍着夏日里的烦躁，又得装萌，装着很爱好文学艺术的样子，痴情地盯着阿黑。她甚至产生幻觉，男人说什么真的不重要，重要的是能上床做爱。她感到自己已经好久没做爱了……

有几次，她打足精神听阿黑说，可一听就想和他争论。她觉得诗人太虚无缥缈，太不现实了。阿黑谈到海子、顾城，对他们满是崇敬，让玛丽觉得忍无可忍，终于爆发，想臭骂阿黑一顿。这与她事先设计的就完全相反了。眼看事情要败露，恰好桃子匆忙赶来。桃子就住在附近，跑得满头汗，拼命地砸门，吓他们一跳。

桃子来告诉他们一个惊人的消息:笑笑进了精神病院，关进了宋庄小白楼。

宋庄的女艺术家绝大多数单身，落单情况各不相同。如果有哪个作家来给每个单身女画家写故事，一定会像狄德罗一样写出一部

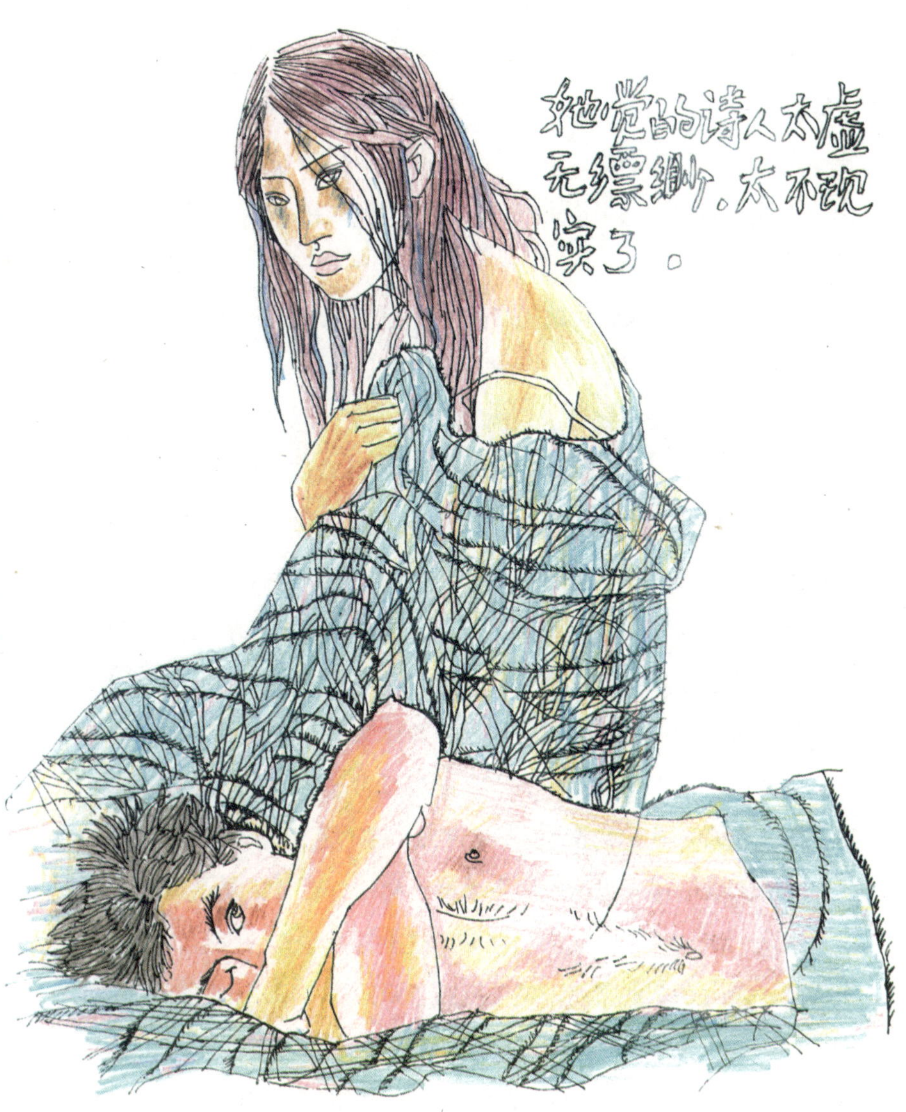
她觉的诗人太虚
无缥缈。太不现
实了。

百科全书。桃子的故事就很精彩。她年轻时长相漂亮，又会画画，是众多艺术家追求的女神。现在年过半百，一头棕红头发，若是不染成棕红色，就是白发魔女。有人说她有过短暂的婚史，也有人说她睡过宋庄一百个男画家，也有人说她睡过一个公安局长，留着当初公安局长答应娶她的书面证据。只要桃子没钱用，那个公安局长就必须送钱来。

桃子年轻时经人鼓动做起书画生意。她不善于经营，四处借钱，张三借五万，李四借八万。后来生意破产，欠了一屁股债。大家见她穷，也讨不回钱，就算了。桃子画些行画，也正常走货，本来日子过得逍遥。有一天，李老炮和西街的小茉莉对她说："桃子，你之所以不出名是因为没人炒作。只要炒作得好，哪有不出名的道理？"李老炮找了一家广告公司来炒作她，给她拍电视片，给她办画展，讲好出名后作品利润和广告公司五五分成。他们把桃子捆在秋千绳上，盆里盛着墨水，荡起秋千，把一盆墨泼到一张墙壁大的纸上，然后从墙壁上剥下纸，让桃子脱光，裸体涂得五彩缤纷，在摄影机镜头下在纸上滚来滚去……这样，一幅惊世骇俗的画就算完成。评论家们说这种绘画手法是"前不见古人，后不见来者"……

第二天桃子裸画见诸京城各大报纸和网站，有买家以宋庄有史以来最高纪录一千万成交……当然，这些都是炒作，压根儿就没人来买画。杂七杂八的费用，桃子倒贴了两万多。报道出来后，当初借桃子钱的人有想法，从前你不还钱，因为你没钱，现在你画都卖到一千万了，有什么理由不还钱呢？十多年的债主纷纷找上门来，桃子吓得东躲西藏。债主们急了，放出狠话，不还钱，抓住她要卸下她一条胳膊。桃子从此隐居，宋庄不敢待，躲到东边的任庄。她出门，头上都要裹得严严实实，怕熟人认出来。

前几天，桃子患胆囊炎住院，要做一个胆囊微创手术。她要笑笑去照顾她四天，五百块钱一天，预付了两千。可是，笑笑只照顾了一晚上，第二天一早穿着桃子最好的一双高跟鞋跑了。那皮鞋是公安局长替她买的。桃子说去会网友，从此一去不返。后来有人在工场路画框店里看到笑笑，说笑笑神态反常，头上插着草花，脸上的妆红一块白一块。店老板是笑笑老乡，说好像网友是骗子，只骗钱，不骗色，把笑笑的两千块钱骗走了。

阿黑的房子是老罗转给他的。刚搬来时，老罗说，屋里的东西尽管用，只有一样东西千万不能动。这个东西就是隔壁的笑笑。据老罗说，笑笑有精神分裂症，发病时就像邪灵附体，往一切有洞的地方钻，从窗户“嗖”一下钻进来，又“嗖”一下钻出去。有时往下水道里钻，几个人都拖不住，全是体操运动员也做不出来的高难度动作……阿黑吓得不轻。他曾经让小敏吓过一次，几个月没缓过神。因为有这么一码事，所以阿黑绝不敢打笑笑的主意。他们始终保持着纯洁的友谊，这并不是说阿黑有多么高尚，而是他根本没这个胆。

阿黑家缺这少那。笑笑在隔壁，缺什么，他在墙这边一喊，那边就随时送过来。笑笑四十多岁，看上去像三十刚出头。她的装扮不合时尚，像 20 世纪 50 年代的女中学生，扎两根小辫子，白花黑底的连衣裙，胸口别一个毛主席像章。她老家在东北，却长得像江南女子，十分清瘦。笑笑的父亲在当地文化馆画画，笑笑七岁就跟着父亲学画。她从小很优秀，年年三好学生，后来嫁给当地干部，生了儿子，后来离了婚。笑笑痴迷画画儿，为艺术献身，就抱着画匣独自跑到宋庄。她在宋庄嫁给一个温州画家，生了一个女儿，在任庄买地砌房。笑笑见阿黑单身，给他一个忠告，两个搞艺术的千万别成为夫妻。她和第二任丈夫也没什么矛盾，不打不吵，莫名其妙地就离婚了。后来丈夫带着女儿回老家去了。

阿黑以为笑笑犯病是两次离婚的刺激，但是，笑笑否定她的病与两次婚姻有关。笑笑说她有一个情人，是城里的老板。小伙子很帅，比她小五岁，每到周末就开车来跟她同居。那人爱艺术，爱她的画，也就爱上她这个人了。后来，那人移情别恋，不再来了。她打电话，那人也不接，她就患病了。阿黑问她犯病时的感觉，她说有个人在她耳朵里说话，她像是成了另外一个人……耳朵里的人是什么人，她就是什么人。阿黑要她时刻备一个耳钯子，犯病时，就用耳钯把耳朵里的人掏出来。笑笑捂着肚子笑，说诗人真会想。

哲学家老罗和诗人张绍民经常到阿黑家来玩，有时导演牛好色也过来。只要有客人，笑笑就负责下厨房做菜。张绍民对笑笑的分析很有道理，他认为笑笑的病是缺少爱。缺少爱是现代人的通病。有一回，牛好色弄了一锅狗肉来。笑笑绝不吃狗肉，牛好色就把狗肉分成两份：一份清蒸，一份红烧。大家骗笑笑，清蒸的是兔子肉。笑笑吃了一大碗，夸兔子肉好，对红烧的一筷子也不夹。这成了一个笑话。

笑笑的生活大致是这样，早上起来步行去潮白河边散步，回来关起门画画。周日去城里给一户人家的孩子当半天美术家庭教师。一个月要出门一周，参加某个佛教组织的地藏菩萨道场。这一周，阿黑负责帮她喂八哥。笑笑画画，但是，阿黑没见她卖过画，也没见她参加画展。宋庄搞“新野性画展”的大胡子傅泽南告诉阿黑，笑笑与画界交流太少，画法，用笔，用料，还停留在 20 世纪 80 年代。笑笑太封闭了。如果彻底封闭，也就算了，也就不会碰到后来的麻烦。有一回，阿黑的电脑坏了，去笑笑家发邮件。笑笑在 QQ 上跟人聊天，她指着一个晃动的小头像说这人是她的男朋友，澳门的，答应半年后来北京看她。男的说要带她去澳门。

阿黑问他们见没见过面，笑笑说没见过。但是，这个人已经把她的心俘虏了。这人能洞悉她的内心，聊天时能知道她接下来要说什么。阿黑警告她可能是交友软件，也可能是诈骗团伙。笑笑坚决否定，说这人是澳门的，家里开赌场，特别有钱，我们聊了两年，我下半生的希望就是他了。阿黑问你怎么知道他家特有钱？笑笑说，他在 QQ 里说的。他说的，就真吗？笑笑说，你看，我又没钱，人家骗我干吗？阿黑就不吭声。

笑笑最近发病，就跟这个小头像有关。这个澳门开赌场的大款骗了她两千块钱，也骗走了她两年来的希望和梦想。世界上百分之九十九的女人都想嫁一个有钱的男人，一个精神病都知道要嫁有钱的男人。可是，上苍没有创造那么多有钱的男人啊！

笑笑挑阿黑家没有客人的时间过来坐坐，喝茶聊天，把阿黑的脏衣服拿过去洗，晾干，叠整齐再送过来。笑笑说，只要看见阿黑，心里特安稳。阿黑不在家，她就心里发虚，不知为什么。阿黑从没有想到他会在一个女人心中有如此重要的地位。

笑笑见阿黑单身，忙着给他介绍对象，每周介绍一个。笑笑似乎认为只要是单身女性，都适合当阿黑的老婆。任庄有许多单身女性，多数是寡妇。阿黑就挑三拣四，总把希望寄托在下一个。结果每天下午，那些来相过亲的女人，成群结队地来阿黑家院里喝茶聊天。她们把阿黑家当庄里的妇女活动中心。有一天，这些女的全不来，全失踪了。据说是宋庄微信圈里，有人张贴了阿黑写的诗《在任庄》：

任庄在小堡东边
中间隔着一片玉米地
任庄在燕郊西边
中间系着潮白河的带子
我趿拉着拖鞋
光膀秃脑瓜
在庄里闲逛
他们就说我是画家
老庄户给我递烟
前院的画家去年死了
后面的那一片发财砌了楼
东院住了个寡妇
西院住了个寡妇
北院住了个寡妇

寡妇们还年轻

我一下午都在想其中的一个

或者三个

想得我头疼

我租了很大的四合院

有一片很大的天空

大飞机在上边飞来飞去

有一块菜地

种着玉米，茄子，黄瓜，南瓜

没心没肺的空心菜

……

6　在笑笑和玛丽中间

阿黑和桃子约好去小白楼探视笑笑。宋庄精神病院涂成白色，与艺术区其他建筑有明显区别，在正午的阳光照射下十分醒目。据说在宋庄规划成艺术区之前，首先就有了小白楼。也就是说，先有精神病院，后才以精神病院为中心，建起了宋庄艺术区。画画儿的都这么认为，艺术家与精神病就一墙之隔。这听起来多少有些令人寒心。

桃子在电话里说她负责买水果和零食，要阿黑负责买女性用品。阿黑第一次买陌生的女性用品，连一个商量的人都没有。他站在超市琳琅满目、五花八门的商品架前发怔。

恰好朵朵捧着一袋瓜子嗑着进了超市。他就请朵朵当参谋，买全套女性生活用品。朵朵高兴坏了，可以过一把购物瘾，一个劲地往他购物筐里装东西：有内衣、睡衣、毛巾、卫生纸、卫生巾、香水、蚊香、避孕套，等等，朵朵回家告诉二毛，阿黑有女朋友了，买了全套女性用品。二毛笑逐颜开地说:“要他请客！好事！”又盯着朵朵说:“你看，阿黑都有女朋友了，就剩我没有。”

朵朵说:“你怎么没有？我天天在等你的一百万！”

二毛嘴一撇。

他们去精神病院没能见到笑笑，医生不让见。医生说病人吃了药，在休息。这种药能让病人安定下来，病人受了周边人的刺激，最好把周边人全忘记才好。他们给病人吃一种失忆药，然后告诉病人，宋庄的人全死了，发生了大地震，就她一人还活着，从瓦砾堆里刚刚救出来……这时候，病人就哈哈大笑，据说病就好了一半。所以，医生说他们现在不宜出现。阿黑就把捎来的东西交给护士。护士要对这些东西作安全检查。

阿黑走到医院门口，护士又追出来叫住他们。护士把检查后不能捎进去的东西退了出来，是阿黑购买的，有蚊香、香水、杀虫喷药，特别显眼的就是两盒避孕套。玛丽拿着避孕套，看了半天，对阿黑说:“都说你没有结过婚，看来蛮有经验的。”

玛丽把避孕套放进包里。后来这两盒避孕套，她一个星期就用完了。女人对物品天生敏锐，她从阿黑购买的内衣、睡衣、胸罩、三角裤得出结论:阿黑对笑笑情有独钟，两人关系非同一般。

这个世界上没有谁比阿黑更关心笑笑了。他孤独地坐在沙发上，想着笑笑，想着笑笑套着花背心，一条宽短裤，坐在对面长沙发上吹电风扇。阿黑坐到她旁边搂着她，摸她的胸。平板一块，没有乳房。阿黑又摸她的大腿和骨盆，问怎么全是骨头。笑笑说，阿黑，你可以摸我任何地方，但是不能做那种事。阿黑问为什么，笑笑说，如果做那种事，男人进入女人体内，女人的思想就发生变化，她就会想要阿黑娶她。阿黑说，娶就娶吧，我爸妈天天催我成家呢。笑笑轻声说，我也想嫁给你，但是你没结过婚，你应当找一个更适合的，我配不上你。阿黑说什么配得上配不上，就又去摸她的胸，什么也没有，但总摸不够。

他们只摸胸，没有做过爱。阿黑不敢和笑笑做爱，他怕笑笑犯病……现在，他有些想笑笑，觉得笑笑挺可怜的，关在一群精神病人中间。笑笑怎么会患精神病呢？难道真有魔鬼附体一说？如果我和笑笑做过爱，她会不会不犯病呢？阿黑脑子很乱。他觉得在宋庄所交往的这些女人，就数笑笑最善良。笑笑从不骗人。他没和笑笑上床，因为没上床，他们就算纯洁的友谊。现在对面的长沙发上，笑笑换成了玛丽，眼前莫名其妙换成了这个美国女人。

玛丽嫌阿黑家里脏，去桃子家睡了一晚。她怀疑桃子有精神病，半夜里唱歌。她试探性地问过桃子，阿黑有没有钱？桃子说，男人不在于有没有钱，而在于肯不肯为你花钱。这句话给玛丽极大的启发。桃子讲笑笑不是阿黑的女友，如果是女友，就不会四处张罗着给阿黑介绍对象。桃子说，有一回介绍的是她，她这才认识阿黑。桃子竖起小拇指，说阿黑个子太小，那个东西就这么大，所以，她没看上他。玛丽听完这话，惊得张大嘴巴。桃子是个画家，这种话也说得出口。

第二天，桃子还要留玛丽睡一晚，玛丽怎么也不肯，又回到阿黑这边，说要住下来跟阿黑学写诗。阿黑当然不能拒绝。玛丽既然打定主意住下了，就立马拖阿黑去超市，去宋庄镇最大的超市。他们购了一大堆东西，叫一辆平板三轮车拖了回来。阿黑没有现金，刷了卡。他刷卡时，玛丽眼睛贼亮。她相信了牛好色的一百八十万的传说。

一堆东西进门，玛丽负责布置，阿黑打扫卫生。家里突然多出一个女人。阿黑对玛丽住下不走的目的想了半天，也想不出所以然。很多女粉丝写信给他要来跟他学写诗，但是要住在这儿一个月，肯定不会是写诗那么简单。他一边劳动，一边快乐地唱起歌来。隔壁的小狗听到他唱歌，就知道他家来客人。来客人，它们就可以分享食物。好几条小狗，从铁门底下的缝隙歪着脖子往里钻，在院子里欢呼跳跃。

乡村的夜晚摆脱白天喧哗的纠缠，让人昏昏欲睡。天有些闷热，时不时打几声闷雷，看着就要下雨了。玛丽在西边屋里，阿黑在东边屋里。一声雷响，玛丽趿着拖鞋吧嗒吧嗒地跑进阿黑屋里。她套着睡衣，往门板的床上盘腿一坐。

“吓死人了！我就怕打雷。”

阿黑正在电脑上写诗，回过头来说：“那你就睡在我这边。”

“阿黑，别玩电脑了，陪我说会儿话。”

“好啊！”阿黑走过来，也坐在床头。

玛丽说：“阿黑，你别装，我知道你现在很想跟我做爱。我问你，你跟笑笑做过爱吗？”

“没有。”

“真的假的？”

“真没有。”

“那你怎么替她买那么多生活用品？”

“我们是纯洁的友谊。”

“骗谁？这年头男人和女人还有纯洁的友谊？”

阿黑没吭声。

玛丽用脚踹一下阿黑。“喂，你想跟我做爱吗？”

“当然想，我又不是同性恋。”

“你跟我做爱也不难，条件不高，只要你肯替我买苹果。”

“真的假的？”阿黑瞪大眼睛。

“说话算数。”

阿黑忽然站起来，趿着拖鞋就往门外跑。

玛丽问：“你去哪儿？”

阿黑不讲话，开铁门，跑出了院子。

玛丽追到门口喊：“阿黑，我话没说完……”她已经看不到阿黑的影子了。

她只好又回到屋里，天上又是一声炸雷。雷声大，雨声也大。她听到院子外面的树叶像燃烧似的发出哗哗声，院子外面的菜地里，一阵阵噼噼啪啪……她有些害怕。她觉得诗人有些神经质，说话好好的，忽然就跑了。

一会儿，忽然停电了。她吓坏了，裹着毛巾毯。她打阿黑电话，阿黑电话就放在电脑旁边。她想，笑笑有病，阿黑会不会也有病？这世界，全病了。

大约过了半小时，门外有脚步声，阿黑全身湿透，像个从河里上来的人，直直地站在客厅。玛丽赶紧拿毛巾帮阿黑擦身上的水。她这才看清，阿黑手上拎着一网兜苹果。

阿黑脱了上衣，裸露出干瘦的小身子骨，像个孩子似的身体。玛丽见过男人的身体，觉得阿黑身体像没有发育，或者含苞待放。这么小的身体，她反而觉得没什么可怕，甚至有点儿亲切。玛丽和男人上床有一个底线，至少这男人的身体让她觉得不那么恶心。她替阿黑擦拭身上的雨水，已经能够接受这个小小的身体了。她有意地把身子贴向阿黑。她只套了一件睡衣，一种暖意在皮肤间传送。

阿黑感到了这种电流，忽然抱住她。玛丽一惊，用力推开阿黑说："慢！太粗鲁了。"

"你说的，我替你买苹果……"

"我讲的苹果不是这个苹果，是苹果手机、苹果电脑、苹果汽车、苹果房子……"

阿黑怔住了。他觉得自己很傻，怎么可能一兜苹果就能得到一个女人？

阿黑尴尬地说："我听说过苹果手机、苹果电脑，没听说过苹果汽车、苹果房子。"

"美国全有。中国的房子都是一个模式。人家美国，房子各式各样，有苹果房子、香蕉房子，还有椰子房子……"

阿黑叹了口气说："我一个穷诗人，哪能有这些？"他又趋上前要抱玛丽。

玛丽推开他说："没有苹果手机、苹果电脑，你就别碰我。"

阿黑不吭声，垂头丧气往里屋走，仰面躺到床上。玛丽进来，往他旁边一躺，说："我们就这么躺着，谁也别碰谁。你要是碰我，我们连朋友都做不成了。我明天就走。"

阿黑无奈地躺着。玛丽叽叽歪歪说个不停。什么美国空气怎么好，美国人特别绅士，到饭店小孩子都知道给女人让座，在美国，第一关照的是女人，第二是孩子，第三是老人，第四是狗，第五才是男人……中国男人一点儿绅士风度都没有。男人上公交车，和女人抢座。公共场合，当着女人面抽烟。男人和女人睡在床上，就想着强奸女人……

阿黑听得心烦，转过身，背朝着玛丽。玛丽见他背朝自己，有些生气。她已经感受到男人身上的气息，感到自己的身体发烫。她在美国有一个情人，是一个画画儿的华人。她自从回国已经半年没碰过男人了，她底下也湿润起来。她伸手到阿黑裤裆里，"哇！"，惊叫起来。

阿黑个头矮小，却有着硕大的阳具。玛丽扒开他裤子，手握着阿黑的阳具，说："你犯罪工具好大哎！"

阿黑又要趁机抱玛丽，玛丽用胳膊抵住他，两人僵持着。忽然，玛丽说："我真傻，男人的东西在这儿，我都不晓得用。"说完这话，她整个身体像水一样融化了……

玛丽进来往他身边一躺。
说："我们就这么躺着。
谁也别碰谁。

7　全球首富李老炮

二毛出售祖传宝画的消息很快传到东区古玩城。古玩城生意清淡，只是玩家们喝茶聊天的场所，打听潘家园和琉璃厂的市面风声。玩古玩就是听风。现在政府管得紧，盗墓所得、青铜器、象牙等，皆属非法交易。所以，门面上摆放的多数是假货，有蚌埠翡翠、景德镇瓷器、宜兴紫泥茶壶、河南青铜器、扬州民国字画等。

古玩业从来不打假，如果古玩业打假就没有古玩这一行。从事古玩业的人凭着眼力和学识，凭着社会阅历，练就一张铁嘴，一张能把死人说活过来的嘴。李老炮从古玩城得知二毛手上有祖传古画，一百万就出手，他将信将疑。他和二毛早就认识，常在画展、拍卖会、酒席上碰面。

李老炮打电话给二毛：“兄弟，好长时间没联络了，来我家请你喝元朝的酒，吃炒羊腰子。”

二毛感激涕零地说："大哥，你还能想到小弟，小弟感激不尽！"

李老炮说："有好朋友也一块儿叫上！都是自己人。"

二毛就打电话叫阿黑，说："全球首富请我喝酒，我就把你叫上，三毛都没叫。咱们兄弟感情胜过亲兄弟……"

阿黑这两天春风得意，沉醉在爱河中。他本来想捎上玛丽，但毕竟不知道全球首富是谁。他特地打扮了一番，穿西装，扎领带，把皮鞋擦得锃亮。玛丽看他这样子，以为出门和女诗人约会，要他交代实情。阿黑说去见全球首富，玛丽嘴里发出轻蔑的声音。她觉得诗人就是孩子，你怎么说他就怎么信。

阿黑挟了本诗集，早早站在任庄路口桥头等。一会儿，一辆黑色的汽车停在桥边，二毛从车窗里向他招手。阿黑看了一眼车标知道是宝马。李老炮在前头开车，阿黑和二毛坐在车后。阿黑不认识李老炮，二毛介绍说是李总，说阿黑是宋庄诗人。李老炮听说是诗人，一笑说："我就喜欢和诗人交朋友。"

阿黑悄声问二毛："大老板？"

二毛表情恐怖地说："不是一般的大，世界前几位！"

这种恐怖的表情对阿黑有一种威慑力。什么样的老板能让二毛的表情如此恐怖呢？看来车上不是一般人物。

阿黑声音变得更低，问："跟马云、马化腾比呢？"

二毛一脸的不屑说："切！他们俩只顶他的几只碗。真富豪是不暴露的，什么福布斯排行榜全是假的。秦始皇富吗？"

"富！"

"他比秦始皇还富。"

阿黑一听，吓得不敢吭声。

在二毛眼里，李老炮才是真正的大神。那些功成名就的大画家，那些著名评论家，根本不会帮助他这个草根画家，也看不上他的画。他的希望就在这些土豪中，只要抱上一个大老板，命运立马改变。阿黑知道二毛的想法，知道有钱人对草根画家的重要性，所以就不敢讲话，谨言慎行。

李老炮带着他们去他的行宫。行宫在燕郊的一个村子里，一个复式小楼。李老炮在城里有家有室，这个秘密地点是他和小姘头的居住地。据说他和老婆常年分居，不离婚。有钱人最佳选择是不离婚，一离婚财产就缩水。他从前在潘家园开店，后来潘家园生意不好，他说他好东西太多，怕人盯上，就撤了铺位，把东西搬进燕郊的行宫。

他们开车拐进了一个小院子，又一扇小铁门往里，也就一户平常住家。李老炮迫不及待地领他们去参观他的藏品。二毛低声说：“大哥的藏品，就是一个博物馆。”

他们下台阶，有一个停车库改造的地下室。李老炮开门，电动门，门里一股潮湿的霉味扑面而来。进门，有一扇屏风，屏风上漆画着古代人物。有一个牌子写着“博古斋”。五十多平的大厅，厅中央有一块大石头，晶莹碧透。一侧摆着几个半人高的坛子，像小时候家里的糖罐子。坛子是蒙古式样，画着牧民游牧的场景。

李老炮指着坛子说：“今天喊你们哥俩来，请你们喝元朝酒。”

“元朝的酒？那有九百多年了。能喝吗？”阿黑问。

二毛不乐意地说：“我们都喝过了，壮阳。”

李老炮说："对，上回我弄了些去宋庄，大家喝过。这酒要用二十倍的水勾兑，否则喝下去受不了。全世界已发现的元朝的酒只有五坛，一坛在乌兰巴托，四坛在我这儿。这个酒喝下去，疑难杂症全没了，对治疗高血压和糖尿病有奇效。还有一种功效，我不敢说，治癌症。上面的几位老领导，一有空就打电话给我，悄悄来喝，就喝几小杯，他们只要一来，燕郊就警戒……"

阿黑听得浑身打战。他对陌生事物好奇，好刨根问底，又问："那……这酒哪来的？"

二毛又不高兴了："这是大哥的秘密。"

李老炮一笑："今天告诉你们俩也无妨，在外面就别说了。我祖上正黄旗，我祖爷爷当年在北京那是数一数二的人物。盗墓的盗了墓，首先来我家，问我爷爷收不收。我爷爷不收，货才准进入市面。这是盗墓行和古董行定下的规矩。当时发现这几坛元朝的酒是成吉思汗专用，我爷爷派军队去乌兰巴托，悄悄运回北京城。解放军进城的那年，这几坛酒运到保定乡下，埋在地下。前些年我才敢把它们挖出来。就剩这四坛，全世界独一无二……"

阿黑和二毛满脸的崇拜。阿黑用手指轻轻触碰坛子，像有电流传遍全身，痒痒的。

李老炮拆开一个纸箱子，拿出一个大盘子，很薄。他把盘子对着灯光喊二毛来看。

二毛说："奇了，能透灯光。"

"对！这盘子，我不敢拿出去，拿出去就会引起考古界和学术界的地震。汉朝，我国已经能生产薄如蝉翼的盘子。史书上有记载，学术界有争论，缺少实物。唯一的实物在我这儿。”

阿黑问：“那……这个盘子值多少钱呢？”

李老炮说：“我只能给个估价。这个盘子相当于三个马云和两个马化腾加起来的资产。”

二毛得意地说：“我对你说的吧，马云、马化腾只值大哥的一只碗。”

李老炮又开箱子，指着箱底躺着的两个瓶子说：“前些年，苏富比拍卖，明永乐青花如意垂肩折枝花果纹梅瓶以 1.68 亿港元成交。这梅瓶仅存世三只，另两只就躺在我这儿。”

阿黑有些激动，问：“你不赶快也拍了？”

李老炮不乐地问：“拍了干吗？我缺钱吗？”

二毛抢上来说：“大哥是收藏家。”

李老炮又指着一个箱子说：“汝窑这几年已经拍上天价。我这儿有一套汝窑的碗，皇家专用，十二生肖碗。上回他们开价五百个亿，我没肯出手……”

有一间暗室，李老炮开门，推开电闸，顶上一圈白炽灯。有两排玻璃柜子，柜门锁着。李老炮掏钥匙打开柜门。“我最厉害的藏品是黑皮玉。黑皮玉现在还是个谜，国家封锁消息。勿拍照，暂保密！”

阿黑赶紧凑上前看，一堆堆黑色的石头，雕着各种人物。有大有小，大的有小孩那么大，几尊，小的一堆，像玉器摊上的小挂件。

李老炮随手拿了一件说：“就这么一个，值一个亿。你们看报道吗？有一个小伙子就偷了这么一个黑皮玉，判了死刑。”

阿黑懂玉。他拿在手上看，一个黑石头，雕成一个小人，跪着，立着耳朵，耳朵像兔子耳朵。有些像三星堆人物，但面部又不像，没有凸目，而是鱼眼。做工古朴粗糙，造型大气……

李老炮说："这叫太阳神。"

阿黑问："什么叫黑皮玉？"

"这东西真的不好说，学术界到现在也没定论。最初一个韩国首尔大学的教授在内蒙古某墓穴得到，想带回韩国，在海关让扣了。从东西的造型看，很像红山文化玉器，但比红山的玉器更精致。后来这个学者弄了一小片回国，经先进仪器测定，竟然是一万四千年以前的。大家都知道，红山文化才有四千年，比红山文化早了一万年。现在，国内拼命掩盖这个天大的发现……那年，在央视，我去内蒙古拍片。我在一个山上，像有人推我，一个跟头栽到山下，醒来发现掉到一个坑里。我手一摸，就摸到这些石头。直觉告诉我，这是天意安排，让我得到这巨大的财富……那时年轻，我连夜用车装……后来，我再去找那个地方，再也找不到了。这些都很神秘，有的事情说不清……"

李老炮表情肃穆，目光深邃，陷入沉思，沉浸在对往事的回忆中……

阿黑和二毛吓得脸色铁青，气儿也不敢大声喘。阿黑脚步沉重，僵硬地站着，像是进入了神殿。这个地下室就是古埃及的金字塔，李老炮就是死而复活的埃及法老。

转了一会儿，上面喊饭菜好了。李老炮的情人弄了几个菜，有炒羊腰子、水煮大虾。阿黑和二毛拘谨地坐着。李老炮进厨房，拿了个农夫山泉水的瓶子，给他们斟酒。

阿黑看着矿泉水瓶，问：“怎么喝矿泉水？”

二毛胳膊碰他一下，说：“你只管喝。”

李老炮笑着说：“要一比二十勾兑，否则谁也消受不了。”

二毛迫不及待地咂了一小口，眯起小鼠眼，手捻山羊胡子，点头赞好。阿黑也喝了一口，在嘴里咂咂，觉得有点儿像牛栏山二锅头，但又有些不像，一时间说不出所以然。

李老炮说：“今天就这一瓶，我们仨，这东西不能多喝，喝多了，晚上受不了。”

阿黑问：“怎么受不了？”

李老炮一指在厨房里下饺子的女人背影说：“我比她大两轮，喝了这个酒，搞得她第二天没能去站店。这东西比伟哥强！”

二毛做证说：“上回在宋庄，也是大哥请客，我只喝了三两，夜里就想着往燕郊跑，想去找小姐……”

阿黑听他们这么一说，似乎也觉得这酒与众不同，一口下肚，飘然欲仙。他心想，这元朝的酒管不管用，晚上回家由玛丽评价。

酒过三巡，饺子上桌。李老炮问二毛：“兄弟，听说你有一张宋徽宗的画，能不能让老哥开开眼？”

二毛一怔。他终于知道了李老炮请他们喝酒的意图。李老炮玩古董的，以他的眼力，他的那幅画一拿出来就得露馅。二毛眨巴着眼睛说：“祖上传下来的。我上面有姐姐，男儿我是长子，所以传到我手上。这画不能摆在宋庄。三毛把画摆到银行保险柜里了。”

“若是宋徽宗的画，行情至少三个亿。听说你一百万就卖了？”

李老炮问。

二毛说："这不是为了爱情吗？英雄难过美人关啊！"

阿黑说："他女徒弟爱情开价一百万。女徒弟说二毛拿出一百万，人就是他的。"

李老炮跟二毛干杯，要二毛把杯里的酒喝干。二毛仰面一口干了。李老炮给他斟酒，说："不就是一百万吗？我徒弟阿元，这小子把我一幅乾隆年宜兴窑紫砂黑漆描金吉庆有余壶拿去，人找不到了。相同的壶，上回在沈阳拍卖会，一百五十万成交。等我找到他，二毛你们几个跟我一起去……"

二毛说："大哥的事就是小弟们的事。没问题，我把三观叫上。三观是八卦掌传人，砖头，一掌就断……"

阿黑问："有欠条吗？"

"哪能没欠条？我去公安局报案。公安局让我先找人……阿元这家伙，我看他可怜才帮他的，可怜之人必有可恨之处！"李老炮指着爆炒羊腰子，"吃啊，在我这儿随意，就像在家里一样。"

阿黑心想这里能是我家吗？能随意吗？他这个湖南山里孩子总算见识到京城的博大。他们这些北漂族都听说北京水深，水到底有多深？在艺术圈里混，吃饭喝茶，碰到王公大臣和开国元勋的后人，是稀松平常的事。这个李老炮也不算顶尖人物，不显山不露水，在宋庄的名气不及老栗、黄永玉、艾未未……今天看了李老炮的收藏，才知道什么叫富甲天下！

8　阿黑和玛丽的微信婚礼

上回，阿黑送给笑笑的两盒避孕套让医院医生退了出来，玛丽把避孕套放在包里，一星期就用完了。玛丽把对笑笑的嫉妒和猜疑发泄到这两盒避孕套上。一早上，她痴痴地看着空空的避孕套盒子，看上面标明每盒十片，也就是说，一星期，他们做了二十次。这是个平日里不敢想的次数。她在美国两年，也没有做到二十次。在美国的那个情人要从内华达州开车到纽约，有时几个月也碰不上一次面。做爱也说不出什么感受，两人总是在计划，谈着各自的工作、理想和美国梦。

玛丽不是一个随随便便的女人，她认为性解放对女人来说不公平。女人在性过程中，承担极大的精神和肉体损耗，而男人却只是享受。这就是两性间的不平等，这种不平等似乎延及整个自然界。

玛丽和阿黑上床，绝不是追求性享受，而是把性作为一种达到最终目的的手段。在美国那个画家之前，她只有丈夫大胡子。现在她已经忘记了大胡子的身体，记不得当初做爱的样子。只有见到女儿丫丫，才能确定她和大胡子有过性关系，那种影像都成为朦胧的影子，像一股轻烟飘浮在岁月的河流上。

她一个单身女人、单身母亲，寄人篱下，独自谋生，早把自己的身体和心灵都关闭了。即使现在，她跟阿黑做爱，她的心依旧是关闭的。她不爱阿黑，怀疑自己丧失了爱男人的能力。生存比性更重要。离婚后失去经济支持的她，一直笼罩在生存危机的巨大阴影下，性就成为一种可笑的东西。她只是在电影和电视上，才看到那种被扼杀的影子。

任庄就像一个遥远的天边，像一个孤岛，在这里，她逃避了所有的记忆和熟悉的面孔，身体才像河蚌缓慢地张开，从厚厚的钙质壳里吐出鲜嫩的肉。现在，她如同干烈的柴火，被阿黑点燃了。如果不能天天做爱，她就要像骆驼渴死在沙漠里。她开始吃阿黑的醋，不许他去宋庄，不许他参加任何诗人聚会。那些女画家、那些女诗人、那些疯子，会夺去她这短暂的幸福。她要他早早躺在身边抚摸她、亲吻她，她主动把阿黑的手摆到自己两腿间。阿黑要去电脑前工作，都得苦苦哀求。

那天，她只是出于软弱，或者生理本能，或者化学反应，把自己交给了这个黑不溜秋的诗人。她觉得就像电影007里的女间谍，出卖肉体是为了获取情报。是的，她想获得的就是一百八十万。上床，只是手段，不是目的。她看着空空的避孕套盒子，感到脸红，为了手段，竟然把目的给忘了。

自从大胡子丢下她们母女俩失踪了，她太渴望有个家。阿黑这儿给了她家的温暖，她又充当起家庭主妇的角色，又有一个男人听从她使唤。她对着屋子外面喊："诗人，过来，我问你话。"

阿黑在厨房洗碗，听到玛丽叫，匆忙跑来问："老婆，什么指示？"

玛丽把避孕套的空盒子朝向阿黑说："多少钱一盒？"

阿黑挠挠头说："记不得了，好像二十块钱。"

玛丽脸一沉，说："五十块钱一盒，去买十盒。不是每个女人都那么贱，这么便宜的东西请你别给我用……"

阿黑知道玛丽在吃笑笑的醋。他想解释，但是这种事越描越黑。有女人吃醋是件幸福的事。所以，阿黑快乐地点头答应下午就去买避孕套。这么多年来，他没有家庭，没娶过老婆，有过一夜情，有女诗人越洋过海来，睡上一夜，第二天留下一首诗和一堆卫生巾就消失了。他也嫖过娼，提心吊胆地去，提心吊胆地走，像这样一星期和同一个女人睡在一张床上，还是头一回。

半夜里醒来，他见玛丽睡在旁边，会在一旁安静地坐着，看睡梦中的玛丽。他想起《红楼梦》里说"男人是泥做的，女人是水做的"。玛丽熟睡的神态从容镇定，像个天使。女人睡着后的样子要比醒着时美丽。醒着时，她们想着污秽的尘世，想着兜里的钞票，想着淘宝、京东，而在梦中，她们待在天堂的女儿国里，什么也不想……

阿黑把天大的喜讯告诉他父母。他父母在湖南乡下，就他这么一个儿子。父母是老实巴交的农民，没来过北京。他们以为儿子在北京就是当大官，对乡里亲戚朋友们说，阿黑在京城当差。农村里

在一旁安静坐着·看玛丽
儿玛丽睡在旁边·会
半夜醒来·他

没有恋爱一词，只有结婚、讨老婆、生孩子这些词汇。所以，他在电话里告诉父母，他有老婆了。

阿黑妈问："女方是哪儿人？"

阿黑说："加利福尼亚。"

他妈妈听不懂，喊他爸爸听，爸爸也听不懂，叫来当小学老师的姐夫听，才听懂是美国人。姐夫告诉他父母，阿黑找了个美国人。他父母看电视，知道金发碧眼的美国人。他姐夫就说，阿黑可能找的是打篮球的黑皮美国人。阿黑黑，找了个比他更黑的。他母亲就责怪起他父亲，上回去庙里上香，上高香，太高了，一直高到美国去了，儿子把美国人招家里来了。

阿黑妈说："儿子，有媳妇就好，甭管哪国人了。就是讲话家里听不懂咋办？"

阿黑说："会讲中国话，是在美国的中国人。"

家里人悬着的心终于放下。有一天，阿黑妈打电话来，一定要跟儿媳妇说两句话，想听听儿媳妇说话的声音，全家的心才会落地。这个主意是阿黑姐夫出的。手机用免提，音量调到最大，众亲戚朋友围着手机，竖着耳朵，不敢发出一点儿响声。阿黑就拿着手机，要玛丽说话。玛丽不肯，阿黑坚持，玛丽只好拿起电话喊了一声："阿姨！"电话那头传来一阵欢呼雀跃……

阿黑妈对玛丽说："孩子，我们家虽说在农村，但有钱，就阿黑一个儿子。家里后山上有五十棵桃树，他爸又养了一百只鸡，每天收一筐鸡蛋。他爸说了，你进了我们家的门，这五十棵树和一百只鸡就归你。"

玛丽笑着问他们家在湖南怀化什么地方。阿黑母亲讲了个地名，玛丽吓得把电话给扔了。原来阿黑家距玛丽家，就像任庄到喇嘛庄那么近，只有两里地。也就是说，玛丽和阿黑是老乡，都是大山里的孩子。玛丽听阿黑的口音，知道是老乡，但没料到竟是同村。世界真是太小！或者，这一切真的是冥冥之中由神灵操控，乡里的土地神竟操控了远在异乡、远在天边的这对男女吗？

玛丽吓得扔掉电话，心想她绝不能嫁给阿黑。嫁给阿黑，她的美国人的优越感就丧失了。她在美国生活的两年，只有一张中国公民去美的商务签证，但是，她在心里已经把自己看成美国公民。她无法接受她是山里孩子的事实。这感觉就像有一个亿存款，然后别人告诉她，这个存款只是游戏机里的虚拟币。

阿黑在他的微博中写道："一个美国富婆，不远万里来到中国，越过大洋来睡我，越过大半个地球来睡我，不嫌弃诗人的贫穷，肯待在任庄这种苍蝇蚊子满天飞的地方，这是一种什么精神呢？是国际主义精神，比白求恩更高尚更纯洁……"

阿黑变得格外勤快，淘米煮饭，洗衣扫地，把香烟戒了。玛丽的内衣都是阿黑洗，女人的内裤、胸罩，晾在院子里，像轮船上的小旗帜。每趟出门，都给玛丽捎回水果和零食……他使用的是充话费免费赠送的华为手机，但特地去了城里大望路的新光天地，在苹果专卖店给玛丽买了苹果 6。他记得玛丽说的，只要给她买苹果，她就是阿黑的。

玛丽拿到苹果 6，说这才是我要的苹果。作为回报她一晚上跟他搞了六次。苹果 6 就要搞六次，那么将来有苹果 100，估计世界上没有一个男人能承受。一晃一个月过去了。这天，恰好是七夕。一早上，阿黑就若有所思地躺在床上，背《长恨歌》:“七月七日长生殿，夜半无人私语时，在天愿作比翼鸟，在地愿为连理枝……”

玛丽在院子里浇花浇菜，唱黄梅戏《天仙配》:“你耕地来我织布，寒窑虽破能避风雨……”

下午，阿黑接了个电话，匆匆出门。玛丽问他去哪儿，他说要给玛丽一份特别惊喜。阿黑前脚走，桃子后脚跟着进来。桃子拎了一筐桃子，说房东树上的，特好吃。两个女人在院子里洗桃子。忽然，桃子退后一步看玛丽，惊讶地说:“玛丽，你发现没，你胖了。”

“是吗？”玛丽吓了一跳。

这几天，吃了睡，睡了吃，忘记保持身材。玛丽匆匆进屋，站到立柜的大镜子前，又有了意外的发现，胸大了。

玛丽惊慌失措地喊:“桃子，快来！”

桃子啃着桃子走过来:“怎么啦？”

“你看，我胸大了。从前没这么大，怪不得胸罩勒得难受。”

“会不会怀孕了？”桃子问。

玛丽惊呼道:“不会吧，每回都用避孕套的。”

“检查了吗？男人坏着呢！阿黑想儿子心切，用针把避孕套戳个洞怎么办？”

“是啊，我忘了检查。他不会那么缺德吧？戳了洞，怎么检查得出来？”

“你傻啊？吹一吹，吹得像气球，吹得圆起来的才能用。我那个公安局长跟我做，我都一个一个吹。那家伙几次想害我，都没能得逞。”

玛丽痛苦地说：“My God！”

外间手机响，玛丽去拿手机，把手机给桃子看，“苹果 6，阿黑送我的。”她对着手机喊，“阿黑，今天情人节。送什么，你看着办！”

“玫瑰花。”

“什么玫瑰花？我不要这些虚头巴脑的，给点儿实在的。我的苹果电脑呢？”

“台式的先用。”

“你能不能诚信一点儿，你是个男人。你的台式电脑是中国格式，我要的苹果电脑是美国格式。我有许多美国的朋友，有业务要和我联系……”

“我给你买了苹果汽车。”

玛丽一怔，说：“那……你开回来吧。桃子在这儿，我留她一道吃晚饭。”

玛丽挂了电话，对桃子说：“我让阿黑去买苹果电脑，他替我买了辆车。今天是七夕，你一个人过，不如跟着我们过……”

桃子说：“阿黑真有钱。他替你买车，说明真动心了。”

桃子肚子里装着许多宋庄的风流韵事，各种野史。当初，最早的一批艺术家在这儿如何打拼，许多人饥饿得天天蹭饭，庄子来了人，一伙人就围上来，希望能卖画。后来赶上艺术品市场繁荣，有些人发了，有的一幅画卖上几百万。桃子说在玛丽认识大胡子之前，她就认识大胡子了……忽然，桃子神秘兮兮地问：“想知道大胡子的消息吗？”

玛丽顿时紧张起来，两眼盯着桃子说：“你愿意讲，我就听！”

“听宋庄广东的画家讲，大胡子在广州中山路开画廊。”

“那个富婆呢？”玛丽问。

“好像分了。”

“真的假的？”

“具体也不清楚。你就别想着大胡子了，阿黑多好。男人花心，他和那个富婆分了，不代表他不找别的女人……”

两个女人共同的人生感悟：“女人，就得把什么都放下，有什么放不下的呢？男人嘛，没一个好东西……”

她们喝茶聊天，玛丽耳朵一刻也不闲着，留神听屋外面的汽车声。有几趟，有汽车的声音，但都从他们院墙两侧开过。忽然，阿黑拎着大包小包站在她们面前。

“咦？怎么没有听到汽车声？”玛丽问。

阿黑嬉皮笑脸地拿出一个苹果标式的玩具车，说：“苹果汽车。”

玛丽气得一把抢过，扔在地上，咆哮道：“阿黑，你能不能正经点儿，这个玩笑好玩吗？有趣吗？”

桃子没见过玛丽发这么大火，怕他们打架，上前拦着。玛丽脸气得变形，眼睛翻起白眼，像是立马要晕倒。桃子赶紧扶着她。

阿黑红着脸，从包里拿出笔记本电脑说：“我去苹果专卖店买的，一万二。”

玛丽眼睛一亮，脸色缓和下来，但是，在桃子面前，不能表现出态度转变太快。她想去拿电脑，但是忍着没拿，挪到沙发边往下一坐，嘴里说着：“开什么玩笑！”

桃子说："玛丽，太幸福啦！苹果电脑。"

这时，玛丽才一笑，拿过电脑拆开电脑包。

阿黑有些无趣地把一朵玫瑰花往茶几上一放，说："今天是七夕，中国人的情人节，我要正式向玛丽求婚。"

桃子说："求婚要跪下……"

阿黑拿着玫瑰花，跪在玛丽脚前。

桃子欢呼："太幸福了！"

玛丽说："我还没想好呢！"

桃子说："装什么？太幸福了，我快哭了……"

阿黑跪着向玛丽献玫瑰花，玛丽站着接花，桃子给他们拍照。桃子给他们摆各种造型。有一张相片是，玛丽一只手捧苹果电脑，一只手高举苹果 6 手机，阿黑单膝下跪，嘴里衔着一朵玫瑰花……这张相片很有创意，后来被宋庄许多艺术家临摹，制作成雕塑。

桃子迫不及待地把这组相片发到朋友圈，配上文字："2015 年七夕，诗人阿黑和来自美国加利福尼亚的玛丽，结为夫妻。祝他们白头偕老，生死与共，不离不弃，海枯石烂！"

一晚上，阿黑接到无数电话和微信祝福。他一个个解释，是求婚，不是结婚。对方说："什么求婚结婚？上床了吗？上了床，还说什么？"

导演牛好色的贺词是："两台旧机器，一对新夫妻。"玛丽看到牛好色的贺词，差点儿把阿黑的手机砸了。

全宋庄的人都知道诗人阿黑和美国人玛丽结婚了，都说阿黑捡了个大便宜。

9　玉猪龙

李老炮在潘家园地摊上找到阿元。阿元感到头顶上罩着浓厚的乌云，他一抬头就挨了一巴掌。阿元嘴里支吾着想反抗，李老炮说：“你看看，我把谁领来了？”

阿元见李老炮身后立着一个道士，三观长得像全真七子，矮黑矬光头阿黑像少林寺武僧。更可怕的是后面有一个留着山羊胡子、脸不停抽搐的二毛。阿元捂着脸说：“炮哥，不就是一个壶吗？瞧你，把武当、少林、精神病院的全招来了！”

阿元弯腰把地上报纸包着的壶还给李老炮。李老炮扯开报纸看了看，说：“这回便宜你了，再坑蒙拐骗，就把你小子揍成古董！”

李老炮讨回他的乾隆年宜兴窑紫砂黑漆描金吉庆有余壶，就把宝马一脚开到小堡西街的 33 天音乐餐厅，他说要对众人论功行赏。当晚餐厅搞什么活动，宋庄的牛鬼蛇神全到了。台上唱歌，台下喝酒。亦鹏、王右、灰灰等在台上唱摇滚，吉他老高砸吉他。砸吉他是弹唱高潮，全场热血沸腾。不过，今天吉他老高没砸，他女朋友在底下盯着。他一砸，女朋友就把啤酒泼到他脸上骂：“你他妈傻啊！”新疆的老德唱了一首新疆歌，一句歌词也听不懂，但听出了一个老男人的忧伤。有几个女艺术家喝醉了酒，摇晃着上去跳舞。

李老炮把紫砂壶摆在桌子中央，不提借钱给二毛的事，只管喝酒。二毛苦着脸，盯着紫砂壶看。李老炮拉开皮包，对二毛说：“你想什么我全知道。”李老炮拿出一串蜜蜡手串，往二毛手上一套，说：“新疆老货，值三十万。”

二毛嘴里叫道:“哎呀，大哥，这也太破费了，小弟怎么好意思？”

李老炮又掏出一件挂件，一个串子底下吊着个黑乎乎的石头。他往阿黑脖子上一挂，说：“黑皮玉猪龙。”

阿黑问：“什么叫黑皮玉猪龙？”

二毛手伸过来，拿着石头看，说：“宝贝啊，宝贝！玉猪龙是红山文化玉雕，黑皮是黑皮玉。这可是价值连城啊！”

“大哥，值多少钱？”阿黑问。

“只有一个参考价，有人偷过一个，法院判一个亿，那人给毙了……”

阿黑差点儿哭出来，不停地说：“谢谢大哥，谢谢大哥！”

二毛一拍阿黑的肩膀，说：“兄弟，你要感谢我一辈子，我领你认识这么好的大哥！”

阿黑感动得就差眼泪流下来。这东西对全球首富或许不算什么，但对他来说，就是富贵之门，人生的命运或许从此改变。黑皮玉猪龙挂在脖子上沉甸甸的，他想尽快地让玛丽看到他脖子上挂着一个亿，又怕李老炮反悔，把这一个亿的玉猪龙要回去，又怕二毛闹着跟他换。二毛的蜜蜡才三十万，他的眼睛总盯着这块玉猪龙。此时，阿黑没心思喝酒听歌，心跳得厉害。他装着上厕所，回来就谎称接到玛丽电话，家里来了客人，就匆匆告辞。

阿黑前脚走，李老炮就对二毛说："诗人是什么人？社会的寄生虫，乞丐都不如。你给乞丐钱，乞丐感激你，喊你爷。诗人以为占据人类精神的制高点，混吃混喝，傍大款，关起门来就装皇帝，装崇高，骂张三，贬李四……"

二毛问："大哥，那你刚才怎么给他黑皮玉？"

"我不是冲着你的面子吗？他黑就给黑皮玉。"李老炮喝干杯里的酒。

时近中秋，北方已经有些冷意。阿黑踩着路上的落叶，发出沙沙的响声。小堡广场聚集着许多摩的。他喝了两杯酒，要独自走回任庄。他要好好想想这段日子，仿佛在做梦。他就这么莫名其妙地有了老婆，一个找上门来的美国女人。这么多年写诗，他没能改变贫穷，诗是挣不来稿费的。他头发都写白了。他有为艺术献身的勇气，但是活着就得生存。今天，他冒充了一回黑社会，一下子就赚了一个亿。难道赚钱就这么容易？

他摸摸脖子上的玉猪龙，一块冷冰冰的石头。一个亿的黑皮玉真实地戴在脖子上……他只能用时来运转来形容。前天，他跟玛丽提起过领证。玛丽说，要领也得到美国领。他理解玛丽毕竟是美国人。若要举行婚礼，可以回老家去办，让父母为有他这么一个儿子而自豪。

中国农民最大的理想是延续血脉。阿黑现在能够理解父母，他如果不能给家里延续后代，父母在家乡就抬不起头来。家乡村里有一个村长，很有钱，有厂，但是，只生了三个女儿。村长在村里就抬不起头来。村民在他背后指指戳戳，说村长缺德事干多了，断了后。

他觉得应当承担起家族的责任，父母把自己养这么大，不能让人背后说三道四。他和玛丽之间，如果能拴牢彼此的关系，就必须有一个爱情的结晶，他们共同的小宝贝。玛丽替他生了儿子，玛丽的心就会拴住，就会把心里的家安在他和孩子这儿。宋庄这地方不缺爱情，爱情短暂，又捉摸不定，只有稳定的家庭生活，才能给人生带来恒久的幸福。

他快步走着，大地充满弹性，人生是那么美好。他鼓励自己，要和玛丽生个孩子……他又摸了摸脖子上的玉猪龙，如果生个孩子，男孩就叫龙龙，女孩就叫猪猪。如果生双胞胎，就叫龙龙和猪猪。在北京，有了孩子，生活负担就增加，但是，他有了这个玉猪龙，有了这一个亿，一切就不成问题。

做爱时，阿黑格外卖力，像一个吃苦耐劳的农夫，耕种着自己的一亩三分地。他裸露上身，玉猪龙从脖子上悬挂着，随着他身体的运动，有节奏地晃动着。玛丽在底下，瞪着一双大眼睛，看着他脖子上的这块石头。石头像钟摆晃动，有几次砸到她脸上。

“什么东西？”玛丽问。

“玉猪龙。”

“砸到我了。”

“这可是宝贝，黑皮玉，值一个亿。”

“一个亿？哪来的？”

“李老炮给的。”

“不搞了，扫兴！”

玛丽用力把他推下来，掀起床单，撅着屁股四处找内衣、内裤。阿黑气喘吁吁，意犹未尽，坐在床上抚摸着脖子上的玉猪龙。

玛丽翻着白眼说：“一个亿的东西，李老炮，一个商人就这么轻易送你？”

阿黑一想，有些泄气。但是，他想到那天去李老炮家参观地下室藏品，玛丽一定不知道李老炮是全球首富。有钱人任性，首富能做出什么事，那可不是常人可以理解的。

“李老炮是全球首富！”

“全球首富？十年前，我就认识他了！”

“十年来，也许人家发了。”

“他发了？他瞒着我老公，摸过我屁股。这种人也能发？老天不长眼！”

阿黑瞪大眼睛问：“你们认识？”

“李老炮！宋庄谁不认识？”

玛丽失去做爱的兴趣。她听阿黑说李老炮请二毛他们去行宫喝元朝的酒，又莫名其妙送阿黑玉猪龙。李老炮多么精明势利的人，

玛丽失去了做爱的兴趣

会看得起二毛这样的土鳖画画的？她认为李老炮已经盯上了二毛的祖传宋徽宗的画。如果这样，她将面临着一个强大的竞争对手。

这些天，她一直盘算着开口向阿黑提借钱的事，但又有些不忍心。阿黑对她的关怀无微不至，她长这么大，从来没有一个男人如此呵护她。阿黑一直把他们的关系看作是爱情，看作是她对诗歌的崇拜。如果她提出借钱，那么阿黑就会看出其中的功利，看出这种爱情的不纯粹，诗人的内心一定受伤。诗人极其敏感脆弱，易受伤害。但是，形势已经不允许她再犹豫了，那样全部计划就会落空。

诗人是长不大的孩子，但是并不笨。她拿阿黑跟大胡子比较，大胡子画画儿凭着经验、技法、小聪明和小才智，而诗人阿黑除了具有对诗歌语言的经验、技法、聪明才智之外，有着更多的哲学思想和对人类文化历史的探求。平日里，大胡子除了画画儿，没什么可以交谈，而听阿黑讲文化，可以讲一千零一夜，就是一种享受。阿黑说，十个有钱的画家也顶不上一个贫困的诗人。

这两个月，他们做爱做到把床板搞塌的程度，但是，她依旧对向阿黑借钱这件事没有把握。所以，她不会轻易草率地向阿黑提借钱。阿黑肯拿出一百万，只有两种情况：一是跟阿黑领结婚证，她暂时没有这个领证的念头；一个就是怀上阿黑的孩子。

上次桃子说她乳房变大了。她天天照镜子，发现乳房真的变得越来越大。胸罩已经从 A 罩杯变成了 C 罩杯。在女衣店里，她测量过，原来 8 厘米以下，现在已经是 16 厘米。她又惊讶地发现，屁股也变得越来越大了。性生活既给她带来无穷快乐，也正在毁坏她的体型。她真的怀疑自己怀孕了，月经已过了五天。前天，她要阿黑陪他去药店，买回一盒妊娠试纸，试了几次。测试区显示紫红色的线，表明未曾怀孕。但是，国内假货多，会不会妊娠试纸也有假？

“我可能怀孕了。”玛丽说。

“不会吧，都戴套的。”

“戴套也会有意外，也会怀上。”

“戴套也会怀上？”

“当然会怀上。你上百度搜，有过这种案例。”

“这种偶然性就让我们碰上了？”

“我月经已经过了五天，以前很准时。”

“怀上更好。”

“呸！”玛丽翻身下床，“我睡西边房间，这几天分床，请你别碰我！”

阿黑习惯于玛丽耍性格、发脾气，这些是家常便饭。他仰面朝天，闭着眼睛，摸着黑皮玉。他睡觉舍不得脱下玉来。这些年压迫着他的是什么？不就是贫困吗？胸口挂着的只是一块黑乎乎的石头，这块石头可以随时变成别墅，只要他愿意，石头换成钱他就可以像孔子周游列国一样去各所大学讲他的诗歌。他胸部隐隐地阵阵瘙痒，拼命地挠挠，一种幸福的疼痛……

一天下午，阿黑正在睡午觉，玛丽把他推醒。玛丽的声音像是家里失了火。“醒醒，天啊！看看你胸口！”

阿黑低头一看，胸口有一大片红肿，大面积的水泡。水泡头化脓，像是蠕动着蛆虫。他这才吓了一跳。

玛丽尖叫：“别碰我，别传染给我。还不快把黑石头扔掉！”

阿黑有些依依不舍地摘下玉猪龙。

“我都跟你说了，这玩意儿是假的，细菌感染了。”玛丽坐到电脑旁，上网搜索，一会儿喊：“你自己看看吧！”

阿黑跑到电脑屏幕前，看玛丽百度的答案：“……黑皮玉是用辽宁岫玉，经高温，酸制，涂上一种叫黑金的化学药品伪造。造型仿红山文化。石头表面粗糙，给人年代久远、质朴的假象。这几年集体造假，甚至还有文物专家掺和其中，到现在为止，没有任何出土黑皮玉的官方记录……”

阿黑惊得目瞪口呆。他沉默良久说：“妈的！中国最好的作家压根儿不在作协，也不是莫言，而在潘家园，在玩古董的中间。李老炮，太他妈能编故事了！”

10　堕胎要下地狱

玛丽是个目标明确、头脑清楚的女人，没时间在枝枝节节上磨磨叽叽。她想李老炮弄得这些假石头，连阿黑都不放过，看来二毛也该被他摆平了。二毛的画只要落到李老炮手中，她就一点儿机会也没有了，几个月来的努力付之东流。她扪心自问，难道真的要和阿黑这种穷诗人生活一辈子？她是成过家的女人，知道贫穷在家庭生活中是什么滋味。

这些天，她补习古字画知识，只要是宋朝的画，到美国绝对是天文数字。她将来可以给阿黑经济上的补偿，以弥补对他情感的欺骗。那天文数字的钱能改变她的人生。她要让大胡子为抛弃她而悔恨一辈子，她要把女儿丫丫带到美国去生活，要加入美国国籍，成为一个真正的美国人。所有的梦想，全系于一线。

玛丽主意已定，在重大抉择前犹豫就会失去商机，只能自我毁灭。她想出一条让阿黑拿出钱来的妙计，只要阿黑有这一百八十万，以阿黑诗人的情商，完全在她的掌控之下。她告诉阿黑，月经已经半个月没来了，一早上就想呕吐……她是生育过的女人，了解自己的身体，每个人的情况不同。她的情况是妊娠试纸测不出来的个案，她必须去医院抽血检查。

他们到宋庄门口乘公交车。公交车直达燕郊的人民医院，红十字矗立在国道边。一进医院，玛丽走路的样子，也像是个孕妇了，一步一挪。二楼妇产科门口，玛丽要阿黑在外面等，说妇科不让男人进。但是，阿黑看到一些男人进进出出。

阿黑问："那些男的怎么能进？"

玛丽让他抱着坤包，眼睛一翻说："那些男的是流氓。你在门口等。"

"他们是流氓，我就更不放心了。"

玛丽一笑说："放心吧，是你的，少不了，不是你的，你也得不到。"

阿黑坐在妇产科门口的长椅上，双手抱着包，想着有一天这个包换成他的宝贝。他从没有到过妇产科，觉得到了一个神秘的地方。许多女人在他旁边走来走去，有的健步如飞，有的胖得走不动路。那些女人的肚子里盛着人的最初生命形态，如果没有女人，人类就不复存在，诗歌和绘画就不存在了，女人是值得赞美的……阿黑脑子里产生诗情画意，想写一首赞美女性的诗。如果没有女性，没有夏娃，人类如何繁衍生存？亚当是多么的孤独！

有一对夫妻坐在他对面，低声商量着什么，好像说又没能怀上。男的像是考试不及格挨老师和家长批评的小学生，低着头，双手托着腮。有个老太太在一旁品头论足，指点着这对沮丧的夫妻。男的从双手间仰起脸说，医生说了，我们岁数大了。老太太说，什么医生？你们都不过四十，我五十岁生你妹妹。女的说，医生讲，我是头胎，孕酮不够。男的说，医生说，可以做试管婴儿，要花四十万。老太太说，花再多的钱也行，咱们回家卖房，不孝有三，无后为大……

阿黑忽然明白了父母的焦虑。这么多年，他没对家里做任何贡献，没尽到做儿子的责任。诗人常说，诗歌是人类的孩子，但是，诗歌孩子替代不了人世间的孩子，想着父母的寄托，他的眼睛湿润了。

大约等了一个多小时，玛丽从里面晃晃悠悠地出来，面色红润，表情凝重。

“怎么啦？”阿黑问。

玛丽不搭理他，像是不认识他，头也不回往医院门口走。阿黑吓得跟在后面，不知道发生了什么。他在后面看玛丽走路的姿态像一只鸭子，胳膊摆动着，在空气中划拨着前行。他们走到医院门口，玛丽站住脚，回过脸，两眼直视着阿黑，目光像是要刺破他的心脏。

“阿黑，你讲老实话，你对我做了什么？”

“没做什么啊！”

“没做什么？我们每回做爱都戴套子，对不对？有一回，用的用过的套子，当时套子没了，我要你去买，你不肯，说再用一回那个套子。现在那个套子把精子带进我体内，让我怀孕了。”

阿黑觉得玛丽在讲天方夜谭。不过，听说怀孕，他心中暗自高兴。他想笑，一个用过的套子帮助了他，那个精子是多么机智勇敢，突破敌人的封锁……

玛丽咆哮道：“你还笑？！”

阿黑不吭声，低头。他想到刚才对面的那对夫妻，岁数比他小，竟然怀不上，而他们戴着套子，竟然也能怀上。

“两条路供你选择：要么堕胎，要么生下来。”

阿黑一把抱住玛丽说：“堕胎要下地狱的！”

玛丽说：“生下来可以，你要对我，对孩子，对我们的将来负责。”

阿黑点头，百感交集。

当晚阿黑就打电话把玛丽怀孕的消息告诉父母。父母那边信号不好，他们打电话时高声呼喊。阿黑见院子里信号稍好，就到院子里打电话。

“妈，我有了，玛丽怀上了……”

“什么？怀上了？这么快……”

“在一起两三个月了……”

“是你的吗？别搞错。”

“不会错。”

“你姐夫说，有错过的。城里宾馆一家媳妇，生了个黑人。”

“妈，放心吧，不是黑人，是黄人。”

“黄种人，我和你爸就放心了。别让她做重活。”

“知道。”

“我让你姐夫捎鸡蛋、大米、油去看你们。”

“不用，北京什么都有。”

“你姐夫说，北京雾霾重，怕去了迷路，找不到你们。”

“叫他别来了。”

“你爸要跟你说话。”

“阿黑啊，孩子是咱家的吗？没搞错？”

“不会错，我种的。”

“你种的，咱家就放心了。山里的大仙不灵啊，我们家送了五斤油去庙里。”

“大仙怎么说？”

“大仙说你找的是邻村的女子，说只播种，难收获……我们正犯愁呢！”

“这是封建迷信，不灵。现在讲科学。我们去医院检查了，医生说有了……我老婆也不是邻村的，是美国加利福尼亚的……”

阿黑喊话的声音，在任庄的上空回荡。有几只小狗以叫声遥相呼应。玛丽从厨房里跑出来，把阿黑拖进屋里关上门，骂道：“你们家人神经病吗？这事在院里喊，喊得全村都知道？”

“没人知道。隔壁笑笑在小白楼，谁知道？”

“呸，这种事，有到处喊的吗？”

“什么事？好事！对我们家来说，就是天大的好事。”

阿黑全家沉浸在喜悦中，这让玛丽心中有一丝不安，她觉得这样对阿黑，对他全家，太残忍了。

玛丽问：“你们家人说大仙怎么说？”

“大仙不靠谱，说我找的是邻村的女子，只播种，没有结果。”

玛丽暗暗地心惊肉跳。她感到有一种神秘的力量，裹挟着她，把她拖进命运的迷雾中，看不见前面的路。本来她想当天晚上就跟阿黑摊牌，谈借钱买画的事。话到嘴边，有些于心不忍。她一辈子，没有哪个男人像阿黑这样对她体贴。

话到嘴边，有些于心不忍。
她一辈子，没有哪个男人
像阿黑这样对她体贴。

阿黑是个好人，但是好人又能怎样？这个世界需要的不是好人，需要的是财富。诗歌换不来财富。阿黑实现不了让她移民的愿望，也帮不了她女儿移民美国……她的善良和纯洁全丢在了第一次婚姻里。她为大胡子付出那么多，可结果换来了什么？道德只站在弱者一边，只有金钱才能让她变得强大。

婚姻失败，在美国给画廊当清洁工的日子，让她明白必须做一个目标明确的人。一个人朝着目标去，就必须除去感情啊、道德啊、性爱啊，所有这些附加的东西。这些东西就是沼泽，你陷进去，你的目标就会舍弃你。

阿黑胸口皮肤痒得抓狂，翻来覆去，像虫子在撕咬着胸口，一夜都没睡。他怕影响已经怀孕的玛丽，就悄悄躺到外头长沙发上。他觉得这件事应当找二毛，李老炮是二毛介绍的。痒得睡不着，我也不让你二毛睡。

阿黑跟二毛在微信里吵架，手机像蟋蟀叫个不停。

“李老炮不该这么坑我。我没地方得罪过他。我整块皮肤都烂掉了……”

“炮哥怎么坑你了？他骗你钱了吗？”

吵着吵着，就吵到了诗歌上。

“我给你写诗，写了几十首，没要你一分钱。你压根儿不出名，不该过河拆桥，你那些什么花儿草儿诗人……把我的名字和那些人并列，坏了我在诗坛的名声……”

“我画得好，人家主动要给我写，我有什么办法？诗人杨克为我的画配了一首《人民》，反响强烈，许多人都打电话给我……”

“杨克那首《人民》的诗十年前就有了，把你的画附在后面，就成了替你写？”

二毛号叫起来：“就是为我写的，怎么样？”

“你怎么不说普希金也为你的画配诗？”

“我交往的都是中国顶尖的诗人。你背后说杨健的诗写得不好，你能和人家比吗？是嫉妒吧？”

“杨健的诗受美国垃圾派诗人影响，宣扬拒绝崇高的平庸主义，以文字游戏吸引眼球。这种人是病态社会病态文化的产物！”

“那你说，中国有什么好诗人？”

“中国的好诗人有申维、张绍民、泥马度……”

他们又从诗歌吵到绘画。

“你在外面说我是三流画家，做朋友要厚道！”

“你的构图、色彩、笔法，全都没有创造性，一味地画笼子，机械地自我复制……你是几流，我说了算数吗？……”

二毛气得大叫：“宋庄有比我更好的画家吗？我要不是错过机会，轮得到他们？”

他们吵了一晚上，两人翻脸。阿黑骂二毛档次低，二毛骂阿黑草根，诗集是自己花钱印的，臭烘烘摆在厕所里当大便纸……

玛丽在里屋被阿黑手机的声音叫吵醒，她怀疑阿黑趁她睡着泡宋庄的女画家。她冲出来，一把夺过手机，像抓到犯罪的证据。玛丽皱着眉头看了半天，把手机扔给阿黑，骂道：“两个神经病。你就对二毛说，让李老炮赔医药费、误工费，别讲这些没用的……”

11 广场上的昆仑石

为什么二毛要极力维护李老炮呢？原来这几天，他正和李老炮做一笔大买卖。二毛在老家有一位贵人高市长。高市长不是市长，但有权有势，人称市长。高市长附庸风雅，收藏文玩字画，喜欢结交文化人。在家乡，高市长见二毛兄弟画画儿辛苦，就要手下的老板买他们兄弟俩的画，也时常救济。在二毛心中，高市长就是《水浒》中的柴大官人，而他就是落难的打虎英雄武松。

二毛告诉高市长，说认识京城古玩圈高人李老炮。李老炮祖父当年跟孙殿英盗慈禧太后的墓，手上得了一把明朝紫砂壶，市面价格两百万，因为二毛这层关系，一百万就可以搞定。高市长说，你把人和壶都带来让我瞧瞧。二毛就领着李老炮回了趟老家。

高市长热情款待，天天吃喝，唱卡拉OK。李老炮对高市长吹嘘，说他从小跟父亲盗墓，有特异功能，能知道哪个墓里有好东西。高市长就把钻戒从指头上摘下来，藏在一个妈咪胸罩里，又让十个小姐站一排，要见证李老炮的特异功能。高市长说只要李老炮找到钻戒，立马就把钱拿走，壶留下来。李老炮就在一个个小姐胸口嗅，最后在妈咪的两乳间嗅出钻戒。高市长对李老炮佩服得五体投地，说那么大的乳味都没能干扰李老炮的嗅觉，鼻子比狗鼻子还灵。

李老炮得了一百万，按行规二毛得了二十万。所以，二毛怎么会为阿黑得罪财神爷？用二毛的话说，二十万够他在宋庄待五年了。

玛丽已经察觉再不出手，宋徽宗的画就彻底没戏了。二毛那个猪脑子哪里是李老炮的对手？当年李老炮是玛丽的手下败将。他趁大胡子不在，摸了一把她的屁股。玛丽立马翻脸，抢了一幅李老炮的画作为赔偿。李老炮不敢声张，只得说喜欢就拿去。

商场就是战场，做人就得狠！今天，玛丽特地做了几样阿黑爱吃的菜。以往买菜都是阿黑掏钱，这回玛丽自己掏钱。她把烟灰缸摆桌上，说今天破例允许阿黑抽烟。阿黑以为今天是什么特别的日子，想了半天，也没想出来。

阿黑问："玛丽，今天是什么好日子？"

玛丽把半瓶二锅头往阿黑面前一蹾，说："你别胡想，我们将来有了孩子，有了钱，天天让你过好日子，天天过年！想过这种日子吗？"

"想。"

"你知道二毛有一张宋徽宗的画一百万出手的事吗？"

"知道啊。他发神经，追女学生朵朵。"

"这幅画你看过？"

"看过。"

"知道这幅画拿到美国卖多少钱？"

"听牛好色说，能卖两个亿。"

"知道就好，我想买这幅画。有两个亿，我们可以移民美国，在那儿幸福地生活若干个世纪。"

"买！我们移民美国，让我的孩子过上美国生活。"

"买这个画，不是为我，也不是为你，而是为我肚子里的孩子。这是我们共同的事。家庭就是一个整体，同仇敌忾，荣辱与共。"

阿黑一个劲地点头。

"我钱在美国一时取不来。你先拿一百万，把二毛的画买过来。等到了美国，到我的画廊，立马就能得到两个亿。我合作的画廊在美国已经存在一百年，几个亿对他们来说不算大数目。"

"我哪有一百万？"

玛丽的面色阴沉下来，说："阿黑，我再说一遍，不是为了我，是为了我们全家。这不是我一个人的事。"

"我真没有一百万，我十万都没有，哪来一百万？"

"你挺会装的！这样有意思吗？一百八十万稿费呢？"

"我只拿过十八万，到现在也所剩无几。"

"要对质吗？"

"好啊！"

玛丽打电话给牛好色，怒气冲冲地说："阿黑说他没拿过一百八十万稿费。"

牛好色在电话里支支吾吾，把电话给撂了。忽然，玛丽觉得自己太傻。阿黑不会说谎，他们睡了这几个月，她已经熟悉阿黑了。阿黑相信她肚子里有他的孩子，希望过幸福生活。问题出在牛好色那边，牛好色在说谎……

她回忆起那天牛好色赶她走的神情。牛好色眉飞色舞，女演员赵燕来过电话。他为了和女演员睡上一会儿，骗我和阿黑睡了几个月！这个玩笑开得太大了。玛丽抱着一线希望，不屈不挠地问：

"搞什么鬼？你到底拿了多少稿费？"

"十八万。"

"呸！十八万还想娶我？"玛丽愤然而起，膝盖撞到桌角，桌子被撞得摇摇晃晃。

玛丽一手叉着腰，一手指着阿黑的鼻子，说："我随便抽一张卡都几十万。你这么穷，我把孩子生下来，孩子会幸福吗？我回国创业这一年多算看透了。什么诗人、导演、画家，你们文化都赶不上美国打篮球的黑人……"玛丽哭了，满脸的泪。

阿黑想抚慰她，但是，一时不知说什么。他一头雾水，不知道发生了什么。他只能用风云突变来形容。他伸出手想拉玛丽。

玛丽咆哮道："别碰我，我说了，别碰我！"

玛丽立马进里屋收拾东西，把她的生活用品收拾到当初来时的旅行箱里，拖着旅行箱就出门。箱轮子发出刺耳的声音。

阿黑可怜兮兮地看着，以哀求的口气说："老婆，别这样，我没钱但可以赚！"

玛丽回过头来，严肃地说："请你别叫我老婆。我们两人的事，别再对任何人说起。朋友一场，我不欠你什么。我们互不相欠！"

玛丽说完，就消失在夜色中，像一条鱼潜入水底。

阿黑想去追她，想拦住她。他想玛丽肚子里有他的孩子，她会回来的。女人一时冲动，情绪化，一会儿就平息下来，一切都会风平浪静。这就是生活，如苏东坡说的，也无风雨也无晴。

他看着一桌子菜，不明白发生了什么。果然，一会儿，玛丽就回来了，比他想象的要快。他心情激动，迎上前……玛丽并不理睬他，直奔屋里，取走了阿黑给她买的苹果电脑。阿黑又想起那天晚上，玛丽说只要给她苹果，她就嫁给他。吃的苹果和用的苹果都给了，但是，她还是要走。这就是女人？

玛丽在门口手里拿着苹果电脑和苹果 6 手机，说："阿黑，我不怪你。男人要绅士！"

阿黑后来想玛丽这话的意思，应当是个隐语，要阿黑像绅士那样分手，暗示他别在外面提苹果手机和电脑的事。如果那样，宋庄的人会把玛丽当成鸡，为了手机和电脑出卖肉体。玛丽是孩子他妈，让他真正地当了一回丈夫。他不会说什么对玛丽不利的话。但是，玛丽讲像绅士那样分手，说明分手的决心无可挽回。现在问题是怎么向父母解释？

玛丽从任庄出来，没有回喇嘛庄。她觉得一旦回去，这趟出门的主要任务就以失败画为句号，一无所获。她觉得这件事还没有结束，还有机会翻局。她和宋庄有着一些不为人知的秘密。现在，她直奔小堡广场。

小堡广场上有一块巨大的昆仑石，几十吨重的石头是从昆仑山上运来的。多年前，玛丽就是在这块石头下认识了大胡子。她在石头旁照相，大胡子背着画夹经过，她请他帮忙拍照。她坐在石头上，摆出各种姿势。拍过照，大胡子约她去参观他的画室，又要她当模特，后来就把她的衣服脱了……大胡子说昆仑石有灵气，只要对着石头许愿就一定能实现。她爱上大胡子，半夜里跑到这块石头底下许愿，果然第二天大胡子就向她求婚了……

那时候，她年轻，有着少女的梦幻。现在，她已经告别了梦幻，见识了生活的艰难，也见识了情爱的危险，她要尽快逃离阿黑。诗人沉湎于幻想，他们想担当，可结果是担当不起，最终把生活的重担甩给女人。大胡子就是前车之鉴，她不想重蹈覆辙。

她觉得自己很傻，竟然相信牛好色。演艺圈的人有什么诚信可讲？阿黑虽然诚信，但诚信又不能当饭吃。她只能责怪自己愚蠢。凭着女人的魅力，她应当直接去找二毛。二毛那双色眯眯的小眼睛，性欲旺盛的罗圈腿，她会让他拜倒在石榴裙下。她见过朵朵，女学生的清纯会败在她成熟女性的力量下。女人的资本不只是年轻，有时是经验。

她在走投无路时，想起有灵气的昆仑石。她要求昆仑石帮忙，帮她厘清这乱七八糟的生活，给她幸福。她来到石头底下，坐在观光椅上，静静地等着天黑。广场上许多孩子在奔跑，她想女儿了。她现在没有选择了，必须冒险，在她心中，这个石头是上天为她准备的。她闭上眼睛，双手合十……

她要昆仑石保佑她得到宋徽宗的画，等将来有钱了，就用黄金经幡把昆仑石包裹起来。

她在走投无路时。想起有灵气的昆仑
石。她要求昆仑石帮忙。帮她
清理这乱七八糟的生活

12　用肚里孩子做担保的画

二毛听到敲门声，以为三观喊他喝酒，一溜小跑来开门。他见是玛丽，吓了一跳。他想阿黑的老婆找上门，阿黑的伤情肯定比预想的要严重。会不会让黑皮玉弄得皮肤感染，住进医院，阿黑的老婆来讨医药费了？他决定先发制人，首先不承认玛丽和阿黑的关系，那么玛丽就不好替阿黑出头，有什么话让阿黑自己来说。

二毛说："哎呀，玛丽怎么来了？我还要找你们呢！你跟阿黑结婚，没请我，我不承认你们是夫妻。"

二毛所说的结婚只是一场误会。七夕那天，阿黑向玛丽求婚，桃子把照片发到宋庄微信圈，把求婚写成结婚。通常有人提起这件事，玛丽都要做出解释，说是桃子多事，误会，她还没有考虑嫁人。但现在，她觉得要利用一下这层关系。所以，她一笑说："小范围的，谁也没请。"

二毛有些不安，他只得请玛丽进屋喝茶。他见玛丽拖着个旅行箱，更一头雾水。他沏茶，抽烟，想着应对之策，以静制动。玛丽在画室东张西望，对每幅画都点点头，像是赞许。

二毛记得他还是前些日子在路上，偶然碰到阿黑和玛丽去超市，相互介绍，聊了几句。阿黑说玛丽是美国海归，二毛直觉有点儿不像，总觉得在什么地方见过，但一时又想不起来。

玛丽见二毛眉头锁成一个大疙瘩，知道不讲明来意，会引起对方更多的猜忌。她想了想，觉得应当直奔主题，表现得十分坦然。这就是一笔生意，对双方都有利。二毛这种画画的，整天不就是盼着主顾上门吗？

玛丽开门见山地说："听说你有一张宋徽宗的画，我想看看。"

二毛一怔，玛丽上门的目的出乎他的意料。他这才想起听阿黑说玛丽在美国有画廊，难道她想买这幅画？他心中暗喜，不动声色。

"喝茶，五十年的普洱。朵朵从家乡带来的！"

"知道你有一个美女徒弟。朵朵呢？"

"回家了，过几天来。"

听说朵朵回家了，玛丽增加了几分获胜的信心。她看二毛的眼神，也发生了微妙的变化。

"你知道我在美国的情况吗？"

"听阿黑说了一点儿，在美国加利福尼亚。"

"对，我住在加利福尼亚，画廊在纽约。我签证快到期了，这两天必须回去。我每年必须在美国生活半年。因为时间紧，冒昧地闯来，想看看画……”

二毛想一个人要走运，真是挡也挡不住。前两天和李老炮回了趟家乡，得了二十万，今天大买主上门。那幅画在国内蒙不了人，蒙了，过两天人家找上门。那些欧洲人、非洲人、美洲人，能看得懂我们宋朝的画？

上回，李老炮要用他的那把紫砂壶换画。二毛刚把画拿出来，就挨了李老炮一顿臭骂。李老炮一眼就看出是假的，说真画在故宫博物院摆着。真画其实也是明朝人仿的。宋徽宗真迹若是在宋庄出现，新闻媒体早就把二毛家院子给踏平了。李老炮帮着出主意，干脆把这幅画做成高仿。他从家里弄了一张民国宣纸，让三观伪造乾隆的字写题跋。李老炮特地开车领二毛去琉璃厂，找他的朋友用老纸拓，又在地摊上买了个清政府的公文袋来装画……画做得像那么回事了，李老炮又叮嘱再三，只有在合适时碰到适合的人，画才能拿出来。古画拿出来得编故事，古玩业的宝贝就得靠故事撑，没故事就像没户口簿，没人承认。

现在，能不能把画拿出来给玛丽看呢？二毛要征求李老炮的意见。自从李老炮给他二十万回扣，他已经把李老炮看得比他爹还亲了。炮哥就是他命中的贵人。

二毛对玛丽说：“你先喝茶。要看画，是件大事。我出去打个电话，跟我的团队商量商量。”

玛丽惊讶地问：“怎么还有团队？”

二毛说：“价值几个亿的东西！律师就聘了三个。”

二毛出门给李老炮打电话。他心中得意，最近跟炮哥混，吹牛都不用打草稿了。有钱人都是他妈吹出来的。二毛走到院墙外边拐角处，对着墙根撒了泡尿。他一边撒尿，一边拨李老炮电话。

李老炮在电话里发出最高指示，叫二毛自称不懂画，只给对方看，不动声色，沉住气。价格由对方定，对方说多少就多少。这事将来要有麻烦，推得干净。愿买愿卖，认赌服输，价是你开的。

二毛听得直点头，几滴尿滴到裤子上。二毛说："炮哥英明，炮哥威武……"

二毛进屋里，笑容可掬地说："快吧，就这几分钟，已经开完董事会，同意把画给你看了。"

二毛进里屋，从床头柜里拿出画，出来小心摊开，指着三观伪造的字说："乾隆的字。乾隆收藏的，'文革'时，才回到我家……你看看，这种工笔功夫，宋徽宗虽是亡国之君，但是画上造诣，一千多年来无人能及，登峰造极……你从美国回来，是行家，我是外行，你看看……"

玛丽仔细看着。她压根儿就不知画的真伪，但要装着内行。大胡子是画油画的，若是油画知识，耳濡目染，还知道一些。这中国画，又是古画，她说不清好在何处，又说不清差在何处。她只听大胡子说过，中国画是忽悠。若是忽悠，市场行情怎么那么好呢？

玛丽说："我听阿黑说，你是王羲之后人，又是大儒王阳明之后，贵族之家。"

二毛说："哪里！早败了。解放后，人民当家作主，我们家都是人民民主专政的对象，接受贫下中农再教育……"

“百足之虫，死而不僵……”玛丽讲完这话，又觉得不妥。

二毛的表情变得尴尬，说：“你可以说是瘦死的骆驼比马大。宋庄有个爱新觉罗家族的人，我们老王家一点儿不比他逊色。”

“是是。”玛丽点头，“有个事，大哥，我跟你商量，我想先打个欠条给你，谈好价格，等我回到美国，把画交到画廊，立马打款到你账上。”

二毛一听没有现钱，立马把画卷起来，“不行，没钱，不行。”

“大哥，你就要价一百万，对不对？一百万，我玛丽会跑吗？再说，我跑也跑不掉啊！我是阿黑的老婆，阿黑跑不掉，我家在宋庄，宋庄跑不掉……”

“宋庄这地方人杂，来自五湖四海。有的人走了，十年八年再回来，事过境迁，物是人非，什么事都可能发生。这个可不行。”

“你知道吗？我肚子里有了阿黑的孩子。我拿肚子里孩子做担保，如何？”

二毛张大口，说不出话来。

玛丽一笑，说：“今天讲这些唐突了，你没有思想准备。你考虑一下，我们明天再谈。我想，今晚睡在这里。”

“你？阿黑呢？”

“我跟他吵了一架，我要把孩子生在美国。孩子生在美国，福利多好。美国规定只要在美国的飞机、轮船上生的孩子，都算美国公民。可是，阿黑脑子进了水，他一定要把孩子生在中国。他说是爱国主义。大哥，你说，生孩子跟爱国主义有关系吗？”

二毛笑说：“疏不间亲。你们夫妻之间的事，我不作论断。”

“我今天不回去，我要气气他！”

“你睡在我这里，孩子生出来，跟谁姓？”

“好，跟你姓。你把这张祖传的画，给孩子做见面礼……”

二毛看了一眼门口玛丽的白色旅行箱，觉得里面有文章。他想了想，说：“你睡朵朵的床。我考虑一下，我们明天再谈。这件事，我一个人做不了主，董事会要商量。这画是我们家族的共有财产……”

玛丽高兴起来，去门口拖旅行箱。二毛领她到隔壁厢房。

玛丽说：“二毛，你别告诉阿黑，他心眼特小。我跟哪个男的说句话，他都吃醋。我肚子里有他孩子了，他也不放心我，天天盯着……”

二毛说：“我不会讲，你别讹诈我就行了。我在宋庄这么多年，生活作风正派，做事严谨。朵朵在我这儿生活几个月，我都没碰过她一个手指头……”

“知道你是正人君子，我才敢睡你这儿。”

二毛领玛丽进朵朵的房间，玛丽就自己收拾起房间来。

二毛回到画室，躲进卧室里又跟李老炮通电话。刚才在屋子外面跟李老炮通话，只说有人要看画，没说看画的人是谁。现在他觉得有必要让炮哥知道是阿黑的老婆。他告诉李老炮，阿黑老婆玛丽在美国有画廊，她来看画，有备而来，拖着旅行箱呢。他担心箱子里有手枪，玛丽会杀了他，趁机打劫。李老炮认为打劫的可能性不大，性贿赂的可能性很大。

“你想上她，还是想钱？”李老炮问。

“我又想上她，又想钱。”

“鱼和熊掌不可兼得。两样只能取一样。”

“我想朵朵。玛丽老女人，可上可不上。”

“你要想得到钱，把房门拴紧。她推门，你也别开……”

二毛嘻嘻地笑：“我把门顶起来。”

“你坚持要一百万。她没钱就让她打欠条，欠条上必须有这几个字：‘收到宋徽宗花鸟画一幅’。她只要写上这几个字，你就让她把画拿走……”

“大哥，她没现钱，画拿走了，万一不给钱呢？”

“没现钱才更好。她只要拿这幅画出了你的门，将来即使她说是假的，要还画给你，你也不接受。根据欠条，字据上写的‘宋徽宗花鸟画一幅’，你就咬定她拿走的是真迹。法院会按照双方协议判决……”

二毛就差从屋里跳起来，大叫：“高明！假的都成了真的，跟洗钱一样，漂白了……跟着炮哥，想不发财都难！全球首富，可不是一般人……”

二毛对李老炮又是一番恭维。他心里有底了，假装早早上床睡觉。他拴上门，耳朵竖着，听外面的动静。他看了看手机时间，还没有过夜里十二点。他从来没有这么早睡觉，但如果不睡，在画室里画画，玛丽就会过来，缠着他谈那张画。他的目的就是回避玛丽。

二毛躺在床上玩手机，给远在云南大理的朵朵发微信。他没敢告诉朵朵，玛丽住在这儿，那样朵朵会怀疑他做了什么勾当。

玛丽内心更不平静，在卫生间弄出很大的响动。女人在卫生间弄出很大响动，是在提醒二毛性别上的区别。她在卫生间里洗漱，照镜子，觉得二毛能让她睡在这儿，事情成功了一半。早知道这样，这几个月在阿黑那边绕弯子干吗？她从厢房卫生间窗户看看外间，见二毛早早关门睡觉。她想二毛心虚了，他不该睡这么早，睡这么早就是别有用心。她想象二毛夜里就会悄悄踮着脚，像小偷，往她屋里钻。她会装着生气，惊讶。二毛会死皮赖脸地哀求……最后，他们谈判，交换条件就是那幅画。莎士比亚说："女人，你的名字是弱者。"但弱者有弱者的优势，老子的《道德经》上也说柔弱胜刚强。

玛丽躺在床上。这张床是朵朵睡的，有一个陌生少女的气味，这种同性的气味，即使芬芳，也因嫉妒而变成恶臭。所以，她一分钟都不愿多躺。朵朵在她的心中，就是一个竞争对手，睡在对手的床上，就如睡在砧板上，像是床板上长着针。她找了一本书，打开床头灯，装着读书。这本书是老栗写的《重要的不是艺术》。她一个字也看不下去，但她承认宋庄艺术教父栗宪庭所说的重要的不是艺术，她认为重要的是生存，重要的是性……

事情出乎她的意料，对面房间里一点儿动静也没有。她心中骂道："你就装吧！"或许，二毛就是个胆小鬼。这种闷骚型男人多了去了……不行，我要主动，为了财富，人生能得几回搏？现在受点儿委屈，对于将来的几个亿，真是微不足道。

玛丽想出一个主意。她起床，先到卫生间，在镜子前看看，有了几分自信，又把内衣扯了扯，趿着拖鞋到画室，有意弄出很大动

玛丽先到卫生间。
在镜子前看看。有
几分自信。

静。然后，推二毛的门。一推，她感到十分恐慌，门是拴着的。这完全出乎她的意料。她设想的情景是推开二毛的门，然后就直截了当地往他被窝里一钻，再探出脑袋说："我胆小，听说你那屋子死过人……我睡在你这边，但是，你不许瞎动……"等到二毛控制不住欲望，想占有她，她就会适时提出借画的事。现在，二毛门拴着，所有的设想都戛然而止。

她感到二毛没有睡，知道二毛已经发觉她在推门，此刻正在得意地从心底嘲笑她。但是，她毕竟机灵，高声问："二毛，我手机充电器忘了，你这儿有吗？"

二毛立着耳朵，幸福地听着玛丽走近他房门，感到她在推门。所以，他捏着嗓门说："噢，充电器，在喝茶的台子后面。"

玛丽找到了充电器，又高声说："谢谢！"回到屋里，她重重往床上一躺，用被子蒙上头，骂自己是个傻逼！她知道二毛把她内心看透了，就如同剥光她的衣服。二毛强奸了她的内心，这种精神上的羞辱要比强奸肉体更可怕。

玛丽做梦都不敢相信第二天一早，二毛会主动喊她起来签合同，答应让她先拿走画，到美国再打款。玛丽颤抖着手，在字据上写："收到二毛宋徽宗花鸟画一幅。"二毛眯着小眼睛，手捻山羊胡须，捧着茶壶，指着合同，说："把时间补上。"

玛丽补上合同日期。玛丽问："二毛，你为什么这么爽快就答应呢？"

二毛笑逐颜开地说："我们董事会昨晚开了紧急会议，大家相信你，因为你用肚里的孩子做担保。一个女人用肚里的孩子做担保，还有什么可以不放心的呢？”

“原来这样。”

玛丽心跳加速，这一切太神奇了。她认为这一切，一定跟她在昆仑石前的许愿和神灵的保佑有关，否则，你解释不了。这就是一种神秘的超自然现象。

玛丽取了二毛的画后就从宋庄消失了。

13　玛丽和丫丫

玛丽把二毛的画收进旅行箱，去徐宋路乘 808 路公交，到国贸转地铁，就直奔北京西站。她买了当天下午回湖南老家的火车票。上了车，她幻想着如电影 007，二毛派特务来追杀她，车厢里发生枪战……她爬到上铺，用床单把脸一蒙，期盼着火车早点儿开动。

火车轰隆隆驶出北京城，她的心也安定下来。她把脸从床单里钻出来，看了一眼窗外，确定自己安全了，她就从容地坐起来，在卧铺上给家里打电话，告诉回家的时间。这是她最后的一个电话。然后她就把手机关了，为了表示彻底决绝，把手机卡抽出来塞进钱包。她仿佛告别了一个旧世界，从此奔向一个新大陆。

此时的心情如何形容？很像她当初离婚后，一脚踏上美国国土。当时她以为美国就是她的新天地，后来在美国两年，她明白了一个真理：新天地就是金钱。没有钱，在哪儿都是万恶的旧社会。她想起曾经看过的一部电影叫《百万英镑》，一个穷光蛋偶然间得到一百万英镑，从此生活就彻底改变。现在，她包里的二毛这幅画，就是彻底改变她生活的百万英镑。

车窗外的高楼，街道上拥挤的车辆，万家灯火，这就是她从小梦寐以求的城市。这么些年来，这个山里的女孩从没有停止过向城市前进的脚步，在县城读中学，在长沙读大学，在北京、纽约……她到过世界上最大的城市，在世界上最大的城市生活过。她父母都没有进过县城。现在，她忽然觉得城市并不那么重要，城市就像孩子们哭着闹着要的玩具，一旦到手就可有可无了。城市给了她什么？屈辱、知识、兴奋、文化，等等，给她各式各样的感受。人就为这些稀奇古怪的感受而活着。

火车发出轰鸣的声音，车厢轻微摇晃，催人入睡。看着车顶苍白的炽光灯，像是进入一个孤独的陌生星球。车厢里进进出出的全是外星人，与她一点儿关系也没有。此时的宋庄是那么遥远，宋庄的人都是外星人了，也与她没有一点儿关系。世界如此安静。你彻底关闭手机就会发现，对你以为在其中充当重要角色的世界来说，其实你是可有可无的。

她想到大胡子，一个模糊的影像，贴在车窗上。那天桃子说大胡子在广州开画廊，这个男人太自私了，孩子的生活费一分没给。当然，大胡子在宋庄的画、家里的物品、两个存折也没拿走。她和大胡子生活，知道大胡子是一个生活在感性世界里的人。有一回，他仅仅因为一幅画没卖出去就割脉自杀，血流在沙发上。幸亏她回来得早，送到了医院才保住一条命。玛丽认为大胡子就是个疯子。当初追她时，跪在地上，用刀尖指着胸口，说她不答应，他就觉得没有活着的必要……她隐隐觉得大胡子有一天会回来。她不相信这个世界上有什么女人能够忍受这个疯子。

大胡子画画儿时，把自己关在屋子里，不见人，几天几夜。他把油彩疯狂地洒在画布上，然后请他的一帮朋友来看画。他不允许任何人对画说一个不字，那样就要跟人家打架。喝醉了酒，喇嘛庄都能听见他的号叫，“我是凡·高，我是高更……”

玛丽想过正常人的生活，她知道她内心还爱着大胡子，大胡子毕竟是丫丫的父亲。她后悔嫁给一个艺术家。当初回到家乡，谁都知道她嫁了个北京大画家。家里人看到大胡子吓得不敢讲话。大胡子比她父亲只小两岁，两人称兄道弟喝酒。大胡子酒喝多了，呼喊她母亲小妹闹酒，她母亲吓得躲到邻居家。玛丽端一盆凉水浇到大胡子头上……

玛丽想到阿黑，一飘而过。这时，她唯一能想起来的就是家人，她的父亲母亲，苍老的背影，花白的头发，还有她活泼可爱的女儿……她想不起更多的人，一切都消失在车窗外无边的黑暗中。

她父亲是个老实巴交的木匠，全家世代务农。家里姐妹三个，她排行老二。大姐只念完小学就出来做工，嫁给同村的瓦工。小妹上完高中，嫁给村里的会计。三姐妹就她见过世面，她已经成为全家的自豪和骄傲。全村人都知道王家老二王春花在美国，在北京。她回去，村主任、镇长都主动上门。人们用羡慕的眼光看她。

在村里，村民们都以为她发了大财，嫁了个有钱人，上过电视，留过洋。甚至有人说，怀化只出了两个人：一个袁隆平，一个就是王春花。怀化电视台要来采访她，她拒绝了。

玛丽的委屈，这世界上只有她母亲知道。母亲说："小花，你就回家吧，别在外面受累了。你回来，我们替你招女婿。家里的正屋给你。"

母亲讲的正屋是父母砌的三层楼。玛丽只要招女婿，大姐和小妹就没法和她争这份财产。大姐家住在东边，砌了六层高的楼，生了三个孩子。姐夫从小是瓦工，后来成为包工头。据母亲讲大姐的家产有大几百万了。妹妹家在村里开饭店，妹夫的车子是五十多万的奔驰。两姐妹的条件都比她好。她到现在存折上的钱都不足五万，连姐妹们一个零头都不足。但是，两姐妹没见过大世面，在她们眼中，她是神秘的。

她的这层神秘面纱背后的艰苦，只有母亲知道。她每月给母亲一千元丫丫的生活费。每趟回家，母亲又悄悄地把钱塞给她，瞒着父亲和两个姐妹。好在这种窘境马上就要改变了，玛丽看了一眼行李架上的箱子。宋庄的这几个月，这幅终于到手的古画会让她梦想成真，洗尽她所有的委屈和不幸。

她坐了一天的火车，到第二天下午，终于到了怀化火车站。她下车，转一辆中巴车。傍晚时分，车子进了村子。窗外一切那么熟悉，青山绿水。有一个大水库，旁边是县里最大的养殖场。这个养殖场是二蛋家的。当年上中学时，二蛋追求她，给她写情书，他们躲到水库边偷着亲嘴。考上大学后，她就把二蛋给甩了。二蛋去长沙看她，她躲着不见。十多年过去了，二蛋竟然成了亿万富翁。玛丽的梦想，她看不上眼的二蛋早实现了。

上回，她领大胡子回乡，那时丫丫才三岁。二蛋的蛋蛋大酒店开张，请他们全家作为特邀嘉宾。大胡子见到二蛋奴颜婢膝，要替二蛋酒店画一幅画。二蛋给了大胡子十万块钱，但没要那幅画。那幅画是大胡子最得意的一幅，画的是《甲午海战》。二蛋说："酒店要宾至如归，不要战争，要和平。"二蛋给他们十万块钱，眼睛都没眨一下，又把画退了回来。

玛丽参观二蛋的养殖场，心想当初如果她嫁给二蛋，这些别墅、酒店、林场，就全是她的了。生活跟她开了个天大的玩笑。

车子到了村口。玛丽看见小路上站着一个小小的人影，她的心忽然紧张起来，她要司机停车。她下车，看到丫丫站在路口。

丫丫看到她，一声长喊："妈——"

"你怎么站在这儿？"玛丽问。

"我在等妈妈！"

玛丽再细看丫丫，脸立马阴沉下来。"丫丫，你是女孩子，脸上弄得这么脏！你看你的衣裳！全是土。"

"追小狗追的。"

"追小狗干吗？小狗把你咬了呢？狗有狂犬病，咬了就要打针。"

"妈妈，买什么好东西给丫丫呢？"

"妈妈走得匆忙……"

玛丽牵着丫丫的小手往家里走。丫丫听说她没有买东西，也不生气。这是玛丽最喜欢女儿的地方，不哭不闹，总是那么快乐。离婚后，丫丫是她唯一的安慰。她看到丫丫，甚至连恨大胡子的心都

地方。不哭不闹。总是那么欢乐
这是玛丽最喜欢女儿的

没有了，毕竟生活给了他们一个可爱的女儿。生活再苦再累，只要想到为了丫丫，她就充满了力量。

“妈妈，我替你拎包。”丫丫说。

玛丽想到包里有画，“不用，妈妈自己拎。”

“妈妈，你累了，外婆听说你回来，做了好多好多好吃的……”

玛丽失踪了。

阿黑疯了一般，固执地拨打电话，所有的回答是同一句：“对不起，您所拨打的电话已停机。”

他找桃子哭诉，说玛丽肚子里有他的孩子。桃子说阿黑大惊小怪。宋庄艺术家失踪是家常便饭，今天失踪，明天出现。比如笑笑失踪，在精神病院里出现了。

阿黑问桃子，玛丽会不会自杀？桃子坚决否定这种可能性。桃子说：“我是女人，了解女人。玛丽是那种对物欲世界极其贪恋的人，她的精神没有强大到选择自杀的程度。”桃子认为玛丽与别的男人私奔了，桃子要阿黑留神宋庄有什么男画家最近也失踪。

阿黑打听到宋庄有几对画家外出写生，成双成对，没有玛丽。桃子就安慰他说：“别哭了，你不就是想跟玛丽做爱吗？我是玛丽的姐，玛丽不在，我来替代她。”桃子就把胸罩从怀里扯出来扔到椅子上。阿黑吓得跑出桃子家，从此再也不敢找桃子问玛丽的事了。

北方的冬天来得悄无声息，大地像剥皮似的裸露出苍凉。任庄上空弥漫着烧纸钱和麦秸的烟雾。阿黑想玛丽想得心口疼，玛丽太残酷了。我不就贫穷吗？哲学家老罗说：“男人是狗，你再穷，吃屎，都跟着你。女人是猫，要吃鱼，没鱼，就走了。”

阿黑说：“玛丽没给我机会，我会努力让她吃鱼的。”

天淅淅沥沥地下着冬雨，像是在为阿黑哭泣。他盯着微信上玛丽的头像，盼望这头像能发来一个消息。或者在想，玛丽会不会在另一个男人的怀里……阿黑写道：

宋庄，下雨天
忽然想起一个女人
有些寂寞
又有些遥远

我想打个电话给她
忽然想起她做爱的姿势
旁边，肯定是一个陌生的倒霉男人
现在肯定与我无关
我不知道这种想念是否打扰她
就像曾经的争吵

北方的雨短暂
像这一刻的寂寞
泪珠挂在脸颊
又软弱走回眼眶
……

阿黑父母三天两头打电话来问，玛丽肚子里装着他们全家的希望。他们怕阿黑没有生活经验，提醒他要让媳妇注意些什么，饮食上该吃些什么，重活累活不能做，等等。他们又怕阿黑粗心，忘了某些至关紧要的地方，要求跟玛丽直接通话。开始，阿黑还能应付，父母要跟玛丽对话，让阿黑很慌张。他最担心的是父母随时会从老家赶过来。

阿黑告诉父母，因为政治关系，玛丽回美国了。父母闲着在家没事天天看电视，看中央台新闻联播。他父母也算是紧跟形势，忧国忧民。父母希望玛丽早点儿回来生孩子。阿黑不关心政治，只关心灵魂。他只能支支吾吾地应付父母。

有一天，阿黑去二毛家喝酒。二毛酒喝多了，劝阿黑喝。阿黑不肯喝。

二毛说："我知道你想玛丽，她在美国。你想几个亿的富婆不找帅哥，找小白脸，要你这个黑皮干吗？"

"她肚子里有我的小黑子。她怎么可能有几个亿？"

"我有个东西给你看看。"二毛就进里屋，把玛丽立的字据给他看，"她一分钱也没给，用你下在她肚子里的蛋做担保，拿了我的画就跑了，证明早想摆脱你了……"

阿黑愤怒起来，把啤酒瓶砸在地上，骂道："操你妈！你们合伙蒙我！"

二毛也撸起袖子骂道："我要不是看在你给我写诗的面子上，我立马去报案。玛丽诈骗，虚构事实，以非法占有他人财物为目的……"

“去报案！你不报案就是孙子！”

“你等着吧，玛丽蹲大牢，你儿子就生在牢里，像《红岩》里的小萝卜头……”

从二毛家出来，阿黑独自行走在黑暗中，只有不停地走才能减轻痛苦。

他一直走到丛林庄，敲诗人张绍民的门。张绍民怕他自杀，给他讲《约伯记》：

“约伯受了那么多苦难，依旧不改对上帝的信仰。约伯有一句经典的话，我们已经得到上帝那么多的恩爱，这么一点儿苦难，又算得了什么呢？”

张绍民给他沏茶，嘴里念叨着：“感谢上帝，感谢水！”

14　走私文物

阿黑先是怀疑周围的人把玛丽藏了起来，他不仅是寻找玛丽，更是寻找他的儿子小黑子，盛着儿子小黑子的子宫丢了。他见到宋庄每个画家都打听玛丽的下落，许多人并不认识玛丽，但是，他们都表现出对他极大的同情。据说他们觉得阿黑的眼神很像鲁迅小说《祝福》里的祥林嫂，向每个路人看客诉说："我真傻，真的！我单知道下雪的时候野兽在山坳里没有食吃，会到村里来；我不知道春天也会有。阿毛被狼掏空了内脏！……"

宋庄本来就是一个是非之地，许多闲妇怨女好拨弄家长里短，没事还造出些事来。阿黑寻找玛丽变成了各式各样的传闻。有的说，阿黑和玛丽的儿子小黑子死了，玛丽受了刺激，去潮白河寻死了，或者失踪了。还有人说在五台山寺院里亲眼见到玛丽。最恐怖的传闻是，阿黑的儿子被玛丽前夫大胡子煮着吃了。大胡子在南方，染上了吃孩子的恶习。

宋庄这边传得煞有介事，而当事人玛丽把替阿黑怀上儿子的事给忘了。她记不得怀孕的事。她压根儿就没有怀孕，凭什么记得怀孕的事？当初编造这些，只是想得到二毛的画，现在二毛的画早得到了，谁还记得那一码事？这本来就是一个虚构的故事。

那边阿黑心急如焚，这边玛丽早已田园牧歌。她待在老家，孝敬父母，陪女儿，享受着人间亲情。她想如果一辈子生活在这个小乡村里，也一定是贤妻良母，孝子贤孙。

腊月里，村里外出打工的人纷纷回乡和亲人团聚，而玛丽偏偏选择这时候外出。她在网上订了去美国的机票，从广州白云机场登机。她选择这个时间是为了逃避春节。春节要走亲戚，要出红包，乡村里人情大于山，礼节重于海。

所有人以为她发了财，村里人不知道丫丫的父亲大胡子跑了，这些礼尚往来的问候，搞得她疲于奔命。

丫丫听说妈妈不在家过年，哭成了泪人，闹着也要去美国。

玛丽说："听话，妈妈这趟去美国，要干一件大事，等做好了就把你接到美国。从此以后丫丫就是美国人了。"

"妈妈，我不要当美国人，我要当中国人。"

玛丽脸一沉，说："当中国人，也要当有钱的中国人。"

"三狗子家有钱。他说要娶我当老婆，他家的钱就是我家的钱。"丫丫说。

玛丽大吃一惊，脸一沉，问："丫丫，这话是谁说的？"

"三狗子奶奶跟外婆说的。"

玛丽沉默了。三狗子是二蛋的三儿子，超生的。虽然这只是大人之间的一句玩笑话，但是，这件事提醒了玛丽，要把丫丫带在身边，把丫丫带到北京，带到美国去生活。农村太低俗了，不利于孩子成长。丫丫成天打猫打狗，快成野孩子了。她让丫丫背英语单词，丫丫的发音带着家乡方言的口音……她要给孩子好的成长环境，要把孩子培养成淑女。

丫丫跟玛丽谈条件，同意妈妈去美国，但必须给自己买旱冰鞋。玛丽答应了。

后来在白云机场发生的事，完全出乎玛丽意料。她被海关拦了下来。安检员要她打开包检查，指着仿旧公文袋问："里面是什么？"她说是宋徽宗的画。

玛丽被带到关长室，手上戴上冰冷的手铐，涉嫌走私国家珍贵文物……

几个小时后，海关请的文物专家赶到现场，经过鉴定，认定这幅宋徽宗的画一文不值，假得让人笑掉大牙。海关把画还给她，批评她不该开这个玩笑。玛丽很不服气，强调说画是真的。海关长说，如果是真的，就不会放她走，她就要坐牢。玛丽这才相信画是假的。

坐在机场大厅，看窗外飞机起起落落，就像人生。她脑子一片空白。画是假的，她也就失去了去美国的理由。她不知道该为画是假的高兴，还是痛苦？如果画是真的，就得坐牢；如果是假的，就得承受此刻的失落。

玛丽要求海关长把二毛抓起来。海关长说这只能算诈骗未遂，二毛并没有收到你的钱。海关长说已经与宋庄派出所联系了。

玛丽独自徘徊在广州街头。广州就像珠江里的一颗明珠，在夜色里闪闪发光，这个城市那么富有，那么富丽堂皇。她看见几个清洁工在扫马路，清洁工们快乐地开着玩笑。她忽然感到一阵轻松，为什么一定要有几个亿呢？这些清洁工有多少钱？他们不是很快乐地生活在这个现代大都市里吗？人的痛苦皆由欲望而来。自从发现这幅画是假的，她的欲望就从云端降落到地上，人也贴着大地了，痛苦也就少了。

她来到珠江边一个观景台，看江的两岸灯火，江风一吹，吹出无限惆怅。大胡子也生活在这个城市里。他生活得好吗？虽然他抛弃她们母女，但是，她怎么就不恨他呢？她想去看一眼大胡子，想躲到暗处，看看大胡子的画廊。她只想远远地看看……

玛丽记得桃子说过，大胡子在广州白云区开画廊。第二天，她用纱巾把脸裹起来，特地买了个太阳镜。她确信大胡子不会认出她来。手机百度地图导航到白云区的艺术画廊。这儿的画廊比宋庄还要狭小，局促在商场和写字楼间，一家挨着一家，像是卖烧饼油条。有的卖画，有的装裱字画，有的办绘画培训班……她一家一家地逛，多数是廉价的工艺品。

逛了一个多小时，也不知哪家是大胡子的。她有点儿泄气，埋怨自己一点儿骨气也没有，来这儿干吗？是看大胡子发财，是想求他施舍？大胡子走后，那个女的打电话来，她就这样说："只要大胡子走出这一步，他就永远不要回来。"而现在，她竟然找来，虽说是顺便，但人家会以为她是从宋庄一直找到广州来。

忽然，有一家"宋庄画廊"吸引了她的注意。这个画廊也就一百多平，在一个相对偏僻的角落，一点儿也不显眼。因为有“宋庄”两个字，才吸引了她。她装作漫不经心的样子，一张张画看着，竟然发现这个画廊里多数是宋庄画家的画儿，二毛和桃子的画也在其中。她的心咯噔一下，紧张起来。

她放轻脚步，把纱巾裹得更紧。她看见有一个房间，白天开着灯，里面有一个老头，弓着腰在描画儿。昏黄灯光里，老头头发稀稀落落，她悄悄走近，看到老头一脸大胡子。她确定这就是他，但是，几年没见，他竟如此苍老，老得她都不认识了……

她怕大胡子发现她，就装着看一幅油画，背对着那个房间。门口，有一个工人在钉画框，发出咚咚的响声。她走到工人近旁，与工人闲聊。

“师傅，这画廊为什么叫宋庄画廊？”

“展的是北京宋庄画家的画儿，就叫宋庄画廊。”

“那老板也是宋庄的？”

“胡子老板，在屋里画画儿呢。听说在宋庄待过。他老婆有病，他就回广州陪老婆看病……”

“大胡子有老婆？”

工人抬起头看她，笑道：“看你说的！”

玛丽吓了一跳。她提醒自己，要冷静，要冷静。玛丽装出笑脸问：“那……他老婆呢？”

“在医院住院，有几年了……”

“多大岁数？”

“六十多吧。”

她怕大胡子发现。
她就装着看一幅
油画，背对着那
个房间。

“老板孩子呢？”

“也画画儿，那边的画儿就是他儿子的。你是他儿子的朋友吧？”

“嗯，算吧。画廊生意好吗？”

“你看看这边，哪家生意好？都不好做。”

玛丽点点头，往师傅指的画家儿子的画跟前走去。一组十几幅油画，画的都是古代人物穿越到现代的一种混搭。她似乎看到了大胡子的风格。墙壁上有一块纸，介绍画家的相片。这个男孩多么面熟！她忽然想起来，这个孩子曾经去过宋庄。大胡子瞒她，说是亲戚家的。

玛丽赶紧走出画廊。她想到当初要跟大胡子领结婚证，大胡子说，艺术家领那张纸干吗？没有爱情，这张纸就是废纸。她当时就信了。她真傻，原来大胡子有家庭，一直瞒着她。

桃子、二毛这些人，竟然也认识大胡子。他们合伙瞒着她。大胡子肯定经常去宋庄，所有人都知道，就她不知道。她是大胡子的二奶，就她不知道，全宋庄都知道。

玛丽没有悲伤，大胡子已让她伤透了心，她只觉得荒诞。这种稀奇古怪的事，只有发生在宋庄了。宋庄不是个村庄，就是个乌托邦。

15　故乡情

玛丽把退机票的钱买成小礼品回家过年。她挑选的礼品，不仅便宜，而且必须没有中文。她知道是贴牌商品，这样回家就可以说是从美国、从香港买回来的。她买了一堆小手帕、钥匙串、笔记本。回家后还是出了问题。钥匙串就是二蛋厂里生产的。好在乡村人厚道，有谁会和一个有文化的女子计较呢？

走在回乡的路上，她一路欣赏着家乡的美景，一路拿手机拍照。她已经放弃成为亿万富翁的梦想。当一个人放弃了难以实现的梦想，或者回到她的真实状态，感觉就像飘出去的灵魂重新回到体内。玛丽是谁？就是一山里姑娘王春花。

玛丽不能把看到大胡子的事告诉任何一个人。这个秘密埋在心底，大胡子的失败就是她的失败。有时，丫丫问她爸爸去哪了？她总是说，爸爸画画儿去了。大胡子伤害了她，不能让他再伤害丫丫。她要让丫丫知道，她爸爸很优秀，爸爸是大画家。

玛丽相信大胡子有难言之隐，他怎么可能连亲骨肉丫丫都不要呢？他是那么爱女儿的人。她现在忽然明白，那个什么富婆，怎么也不能把大胡子夺走。大胡子一定发生了什么事，这个事必须瞒着她们母女俩。大胡子无法面对她，才逃离宋庄。

玛丽在家过了一个愉快的春节。她学会了打麻将，学会了做各式各样的家乡菜。她到哪儿都受到亲戚朋友的热情款待。乡里人崇敬有文化见过世面的人，村主任还主动请她去他家喝酒。她俨然成为村里的名流。丫丫收了几千块钱压岁钱。她去二蛋家，二蛋请她给儿子三狗子辅导英语。她认真辅导了三天，二蛋给了她五千块钱的红包。她觉得二蛋看出她生活的窘困，悄悄地帮她。

二蛋媳妇喊她大姐，一个纯朴的乡下女人。她感到二蛋媳妇知道她是二蛋的初恋情人，也知道她当年抛弃二蛋的事。这个乡下女人，对丈夫唯命是从，甚至要玛丽回乡就住到她家里去。

乡里人问起丫丫爸爸，玛丽总是说在画画儿。二蛋和乡长把家里全家福相片拿来，说要请丫丫爸爸画画。玛丽不好拒绝，她想出一个办法，她去宋庄低价请一个三流画家，照着相片画就行了，那样也用不了多少钱。玛丽妈妈告诉她，只要给乡长家画全家福，家里可以多要一块宅基地。宅基地已经涨价到五万了。

玛丽最担心的还是丫丫。丫丫要上小学了。之前在村里的幼儿园，距离家里几步远。上小学就要坐村里的校车，校车要翻过两个山梁。她听说过校车翻车的事，这让她很揪心。村里的小学，据说教师师资很差，因为工资待遇低，没年轻人肯来，还是从前几个老人，其中有的还是她的小学老师。

丫丫的心越来越野，天天和三狗子一群孩子打闹、嬉玩。如果这样下去，丫丫就输在起跑线上了。丫丫是她唯一的奋斗目标和拼搏的动力。她相信大胡子有一天也会走出低谷，来看丫丫。丫丫将来要比谁都优秀。当年她拒绝了二蛋，等丫丫长大了，同样也会拒绝三狗子的。这与钱没有关系，就是宿命。

玛丽想把丫丫带回北京上学，宋庄附近有几所小学。孩子离开父母，不利于成长。

春节一过，玛丽整理行装，打包回北京。妹夫亲自开车送她们去怀化火车站。丫丫听说随妈妈去北京特别兴奋，一刻也闲不住。

村口有一个小超市，丫丫窜进了小超市买泡泡糖。玛丽怕她乱买东西，就跟了进去。超市里的大妈长得慈眉善目，看丫丫长得可爱，送给她一个橘子。

大妈问："你们去哪儿？两个大旅行箱，出远门吧？"

丫丫抢着答："我们去北京。"

玛丽说："我们去北京。"

大妈有些激动。"去北京？我儿子在北京。我儿子在北京工作许多年了，今年过年也没回来，媳妇怀孕了。媳妇是美国人。我儿子原来要回来的，等他媳妇，美国人不过春节，我媳妇在美国，说在处理电视上讲的南海问题……"

玛丽知道碰到有背景的老乡了，认识这些人将来也许在北京就能有个照顾。她微笑起来甜甜地说："大妈，你真有福气。你要是去北京，你儿子媳妇忙，我陪你转转。”

大妈说：“大妈没出过远门，要有你这么个姑娘在北京，去北京也有地方走动。”

“大妈，我明天就到北京了，有什么话要捎给你儿子吗？”

大妈说：“没什么话，天天通电话。我儿子有名片，我把名片拿给你，你们是老乡，多串串门。”

这话正中玛丽下怀，“好啊。”

大妈就到柜台后面翻，在抽屉里找，找了半天，欣喜地说：“找到了，找到了……”

玛丽接过名片一看，手机号码太熟悉了，纸片上写着“诗人阿黑”。

玛丽吓坏了。这种唐突的见面，让她将来无法面对阿黑家人，也成为乡里乡间的笑话。玛丽知道阿黑跟她是老乡，她做梦也想不到，挨得这么近……她赶紧拖着丫丫，匆匆离开。

在火车上，玛丽找了半天，终于从钱包里找到舍弃的手机卡，她打电话告诉所有人说她刚从美国回来，说在美国手机不好用，用的美国号。

玛丽打电话给桃子，桃子吓了一跳，问她从哪儿冒出来的。玛丽询问丫丫可否进宋庄小学，桃子说有个画家在小学代课，答应问问。

玛丽犹豫了一会儿，向桃子打听阿黑。

桃子在电话那头恨恨地说：“玛丽，你把阿黑给毁了！”

玛丽吓了一跳，问：“我怎么毁了他？”

桃子说：“阿黑差点儿死掉……”

阿黑听说玛丽在美国当了亿万富婆抛弃他，内心受到很大的打

“诗人阿黑：
手机号码太熟悉了。纸片上写着
（玛丽接过大妈的名片看

击。他建立起来的美好的人生信念一下子就垮塌了。他酗酒，变得像当初领他来宋庄的诗人何西。他喝多了，寒冷的冬天，睡在任庄桥头。后来村民打电话报警。

桃子说："如果睡着了，第二天就冻死了……"

16　在油画上做爱

宋庄镇归属于北京通州区。很多年前，北京有一个政府代表团访问美国，团长向美国人介绍通州。美国人不知道有通州，但知道北京有个艺术家聚集的宋庄，美国人说宋庄已经在全世界出了名。团长赶紧摊开地图查找北京的宋庄，大家才发现，原来宋庄竟然是通州的一个镇。所以，代表团回国后就赶紧调研，找宋庄的镇党委书记胡介报。他们把宋庄划出来，打造艺术区。胡介报很有威望，找到在艺术圈有影响力的栗宪庭，对宋庄进行规划，给入驻的艺术家提供政策上的支持。许多画画的就在这儿租地砌房，安家落户，搞私人美术馆、画廊。据说宋庄的画廊就有一百多家。宋庄从此出名。

全世界搞艺术的都往宋庄这地方挪，树林子大了，什么鸟儿都有。所以，人们对宋庄褒贬不一。宋庄镇经常搞些学术交流活动，请艺术家来探讨宋庄的发展前景。多数人持悲观态度，认为随着北京城区中心向通州东移，宋庄的房价、水电上涨，宋庄就会成为第二个 798，成为商品化基地。虽然政府和民间团体对艺术家有些资助计划，比如文化交流项目、艺术家孵化项目，但并不能从根本上解决问题。

近年，随着艺术品市场降温，画家的画不太好销售，许多画廊很不景气，艺术家的生活也日益艰难。画家中两极分化严重，混出头的都移居城里了，留下的，有的甚至吃了上顿没下顿。在众多悲观论调中，阿黑提出了独特的观点，他对宋庄充满信心。阿黑认为宋庄的优势就在于艺术形式多样性和不确定性。他认为宋庄的艺术形式的不确定性，会成为全球多种文化艺术交流的试验场，这是宋庄独树一帜的地方。阿黑的论调让现任宋庄领导层看到了希望。所以，阿黑也给他们留下很深的印象。书记和派出所所长都记下了他的名字和电话号码。

春天，宋庄搞“春回大地艺术节”。艺术节有画展、唱红歌、跳舞、诗歌朗诵会等项目。派出所所长推荐阿黑主持诗歌朗诵会，说阿黑是宋庄最著名的诗人。阿黑从镇委会领了一笔活动经费，把附近各村的诗人全邀约来，到小堡广场吃烤羊肉，喝啤酒，诗人们爬到昆仑石上朗诵诗歌。这个创意成为最有人气的项目。跳广场舞的、卖杂货的、小堡开店的、工场路画画的、北区大腕等都来看热闹。

宋庄镇领导陪着通州区领导来参观，也来看诗歌朗诵会。派出所所长见来了许多大领导，就特地找到脸喝得通红的阿黑，说：“阿黑，你是我推荐的，给点儿力，表演个拿手的。”

阿黑连连点头，拍胸脯保证。众人只见阿黑脱掉上衣，赤膊爬到石头上，朗诵诗歌《宋庄的冬天》：

那时候，诗歌从死亡边缘回到人间
诗人推开火炉
推倒烧红的酒瓶
去敲女画家的门
在台阶上亮出短暂的阳具

那时候，女画家用满手油彩
涂抹肉身
在孤独的画室
献祭，牺牲的舞蹈

那时候，潮白河安静如冰冻的街道
闪烁白光
有人在念佛
有人在打坐
有人在饮酒
有人在祷告

你们以为把血涂在门楣
黑暗就不能带走

你们以为剃刀刮面
就不再寡廉鲜耻

背叛的村庄
哀愁种在地里
你们逃离苦逼的兄弟
谁也不知道
北风把你吹到哪里……

众多领导本来想听听诗人们在朗诵会上称赞地方政府为艺术家服务，他们冬天向村民免费提供节能暖气炉，大年三十免费组织艺术家聚餐，在艺术家中间成立党支部……诗人们一定会高声歌唱和赞美。可是，当他们听到阿黑说到什么阳具时，都脸色大变，甚至有人愤然离席。阿黑诗念到一半，就被人从石头上撵下来了。

派出所所长指着阿黑鼻子骂道："你就是神经病！"

阿黑见忙了半天，没挨着表扬，还被骂成神经病，干脆捞点儿现成的。他领着辛店和大兴庄的几个诗人，把一箱箱啤酒往家里搬。宋庄最穷的就是诗人，诗人穷到让不识字的画家都看不起的程度。诗人的劣迹有三：一是吹牛逼；二是推销诗集，五块钱一本诗集，卖上一百；三就是借钱，只要你与他稍有点儿相识，他就借钱，只借不还。所以，在宋庄，你别说自己是写诗的，大家一般都自称是画画儿的。

这群诗人参加阿黑发起的这个诗歌活动，人人捞了几箱啤酒，一个个欢天喜地。阿黑说："哥们儿，等到秋天，我们诗人发动秋收起义，分画家的房子，抢画家的小老婆去……”诗人自视为宋庄庄子里的“贫下中农”，把画家看成“土豪劣绅”。

阿黑被骂成精神病的第二天，玛丽就到了宋庄。她们母女俩坐了一夜火车，下午到了北京西站。她们坐地铁，又转公交，到傍晚才赶到喇嘛庄。她在门口碰到扫地的房东。房东看到她，脸色不好看，嘴张开要提房租，玛丽立马主动把二蛋给她的五千块钱红包递上，这是半年的房租。

房东拿过钱的一瞬间，玛丽有一种无名的失落。她没想到是初恋二蛋替她交了这笔房租，而不是所谓的丈夫大胡子，不是导演牛好色和诗人阿黑，不是她远在美国的情人，更不是宋庄的那些一夜情的画家。有时，当你回顾人生，许多的情感和经历，只是一种毫无意义的生命消耗。你以为有意义的人和事，其实是一种运动中的闪回现象，一种虚幻。

房东拿出钱来，当面数着，一分不少，脸马上呈现出笑容。

玛丽叫丫丫喊大爷大妈。大妈就高兴地送给丫丫一只小花猫。这可把丫丫高兴坏了，她闹着要给小花猫起名字。

玛丽说：“丫丫，你快上小学了。你给小猫起个名字吧。”

“妈妈，就叫北京吧。”

玛丽一怔，她觉得女儿太有才了。她故意问：“为什么叫北京呢？”

“我今天刚到北京，就有了这只小猫。就叫北京。”

“好吧，就叫北京。丫丫到北京，要跟北京搞好关系，一起长大……”

小猫一进屋，一蹿钻进桌肚里。丫丫爬进桌底下去抓，小猫又一蹿，跑到西边房间里。西边房间堆着一堆画。小猫钻到画框底下，怎么叫也不出来。

“妈妈，这么多画是谁的画？”丫丫问。

玛丽脸一沉说：“你爸爸的。”

丫丫知道，只要提到爸爸，妈妈就不高兴。她就不吭声，一个人跑到屋里，打开妈妈的旅行箱，拿出苹果电脑，上网看动画片。丫丫只要看动画片，就会安静下来。

玛丽收拾屋子，忙了半天，总算安置下来。忽然，她有些想阿黑了……

玛丽想，如果不回宋庄，就不想阿黑，回宋庄，第一个想的就是阿黑。在火车上，桃子责怪她把阿黑毁了，她内心受到很大的震动。阿黑对她是真诚的。难道说她被大胡子伤害了，就要伤害一个无辜的阿黑作为补偿？她知道，她只要打电话给阿黑，阿黑一定会来，一定会跟她做爱。她觉得只有做爱，能补偿她对阿黑的伤害。

玛丽犹豫斗争了好一会儿，最后鼓起勇气，给阿黑打电话。

阿黑不相信是玛丽的电话。他又喝醉了。因为昨天众诗人抢得许多啤酒，为表示庆祝，他被辛店的一帮诗人拖去喝酒，喝多了，诗人们把他摆在板车上，推着板车送回来。这个板车是专门送醉酒的诗人回家的。有人用红笔在车上画了个女护士，还写上许多120。阿黑一天没吃东西，呼呼大睡。他以为电话是宋庄什么女画家的恶作剧，又以为是辛店的诗人在捉弄他。

“你真是玛丽吗？”

“是玛丽。”

“我的小黑子还好吗？”

玛丽一怔，这才想起当初编的怀孕的故事。这个故事对阿黑来说，真是太残酷了。她不能现在就说破，她要找机会解释，给阿黑一个缓慢消化的过程。

玛丽说：“好着呢，天天在肚子里乱蹬乱踹。”

阿黑高兴地说：“我妈说我在肚子里也这样，是我的种！”

“阿黑，我回到喇嘛庄了。我把丫丫带来了，让她在宋庄上小学。”

阿黑听说玛丽回来，就要来见玛丽。玛丽说太晚了，明天再见吧。阿黑说，见不到，今夜无眠。玛丽就答应了。

阿黑自行车坏了，他一路小跑，沿着任李路，又跑到新修的朝阳北路，直奔喇嘛庄。路上的人以为他在晚锻炼。玛丽在喇嘛庄口等他，脸上蒙着黑纱巾，像地下工作者接头。他跟在玛丽后头，一声不吭。他已经嗅到玛丽的气味，那种气味是他曾经熟悉的。他的小黑子就在这种气味中幸福地潜伏着。

这是阿黑第一次到玛丽租住的地方，他感到有些神秘。他们推开一道铁门，又是第二道小门，就进入了一处院子。

玛丽一进院子，拴上门。阿黑就从后面抱住了她。

玛丽推开他悄声说：“丫丫在呢。”

丫丫听到院子里的响动，很兴奋，高声问：“谁？”

玛丽说：“小偷。”

阿黑见孩子在，就装着正经，进屋喝茶。他想和丫丫聊天。玛丽对他挤眼睛，意思是让丫丫早点儿睡，他们要干一件大事。

玛丽一进院
拴上门。阿
黑就从后面
抱住了她。

玛丽板着脸对丫丫说："今天玩了一天了，明天要去学校，你必须睡觉了。"

丫丫无可奈何地叹一口气，趿着拖鞋爬到床上。

阿黑说："丫丫，往里睡睡，给叔叔留个位置。"

丫丫坚决地说："不行！"

丫丫累了，才一会儿，就打起小呼噜，睡得很香。阿黑在门口偷看一眼，见丫丫睡着，又去抱玛丽。

"别弄出声，把孩子弄醒。"

"你小声点儿就行，每回都是你声音大，像杀猪似的。"

玛丽一笑，领他到西边的贮藏室。那里面全是大胡子的物品，乱七八糟堆成一堆。一只小猫一闪，又钻进画框底下。

"咦，有只猫？"

"小北京。房东给的。"

玛丽招呼阿黑帮忙搬画，把大胡子的一幅油画搬下来。这幅画有床铺那样大，画面上惊涛骇浪，几艘战舰在炮火中挣扎……画面中许多小人儿，有日本人，有留着辫子的清朝兵。

"画的什么？"阿黑问。

"《甲午海战》。大胡子最得意的一幅，获过政府奖。"

玛丽让阿黑把画平铺在地上，阿黑正在欣赏这幅画。玛丽进屋捧着床单铺在画布上，把外间的门关上，说："嘘……"

"干吗？"

"我们也来甲午海战。"

阿黑终于明白她要做什么。他扑上去，一会儿两人就脱得赤条条的。阿黑抚摸玛丽的肚子问："怎么肚子没大？有四个月了吧？"

"躲在里面呢。"

"我没准备套子。"

之前他们每次做爱，玛丽都强烈要求戴套子。所以，做之前找套子已成为一项必备的工作。玛丽把他往怀里一拖，眯着眼说："今天不用套子。"

阿黑怔了一下。

他们俩就在大胡子的油画《甲午海战》上战斗起来，激烈的程度不亚于一百多年前的那场海战。战斗结束，一切趋于平静，就像海面上风平浪静。

两人赤裸并排坐在画布上，像战争中劫后余生，船沉没了，他们漂流到鲁滨孙居住的无人岛。

忽然，丫丫推门进来，往他们旁边一坐。玛丽惊呼，赶忙用床单裹住身体和阿黑。小丫丫往阿黑旁边一坐，喊："爸爸。"

阿黑吓了一跳。

玛丽对丫丫说："丫丫，他不是你爸爸，他是叔叔。"

小丫丫固执地喊道："爸爸。"

这时，小猫也钻出来，坐在他们旁边。阿黑和玛丽裹着床单，还有丫丫和小猫，他们并排坐着，一起仰起头看天空。

一轮朗月从窗口升起来，就像是从海面上升起。天空幽蓝幽蓝，多少艺术家在此奋斗，失败和成功，光荣与梦想……

17　寂静的村庄

阿黑见到每个人，都兴奋地告诉对方，玛丽回来了。人们紧跟着就会问，小黑子呢？阿黑说，潜伏着，好得很呢。众人就以放心的口吻说，那就好，没让吃掉就好……

关于玛丽的失踪，玛丽是如此这般向阿黑解释的。解释完，玛丽自己都笑了。她佩服起自己的编剧天赋。玛丽说："阿黑，咱们朋友一场，我不能蒙你，我结过婚。"

阿黑不耐烦地说："我当然知道你结过婚。不结婚，丫丫哪里来的？"

玛丽问："你知道我以前丈夫的情况吗？"

阿黑说："知道一点儿，大胡子画家，画得不怎么样。他跟一个富婆私奔了……"

"错，这是宋庄嚼舌头的乱嚼的。大胡子很优秀，事业做得很大。他是一个大画家，在广州有自己的艺术馆，资产几个亿。自从他背叛我，我就离家出走，和他断绝往来。我是一个特别注重感情的人。他后来后悔，一直要与我复婚，他要把广州的别墅给我，我拒绝了。我跟你住在一起，不知怎么传到他耳朵里，他到宋庄来找我，还要找你。我怕你有危险，就去了美国……”

阿黑说：“我怕什么？”

“你当时处境危险，你并不知道，我要为你考虑。他领了五个保镖来的。我的电话他都监控了……我去美国，他一直找到纽约。他哭泣着，跪在自由女神像下，向我忏悔。我说，不可能，我说，情感这东西不是钱能买回来的……”

阿黑没料到玛丽这样的为自己考虑，他沉默不语了。大胡子如此优秀，他甚至觉得自己配不上她了。

阿黑去环岛一号，要把玛丽回来的消息告诉导演牛好色。因为玛丽失踪后，他一直怀疑是牛好色指使，差点儿跟牛好色打架。现在他觉得误会了牛导。想当初，他向小虾讨回十八万稿费，多亏了牛好色帮忙。人要知恩图报，而不可恩将仇报。他觉得有些对不起牛好色。

环岛工作室门口聚了许多人。阿黑心想，难道电影又开机了？上回小电影资金链断了……德子扒在窗台上往里面看。他看见阿黑，高兴地说：“阿黑老师，你来的正好，快来看。”德子把位置让给阿黑。

“看什么？”阿黑问。

“牛导在拍三级片。”德子套住阿黑的耳朵，“牛导跟赵燕上床，让他老婆捉住了。赵燕跑了，他老婆手上撸了一把赵燕的头发，正在审问……”

“天哪！”阿黑从窗户往里看，工作室里拍摄灯全部打开，灯火通明，像一个舞台，又像一个火堆，牛好色像一只烤全羊。

牛好色衣裳零乱，嘴角挂着血，立在台子中央。胖老婆披头散发，头上插着把梳子，嘴里叼着烟，手上紧紧地攥着一把头发。

“我漂不漂亮？”

“漂亮。”

胖老婆给他一耳光，“啪”的一声，“漂亮你还偷人？”

“不偷了。”

“我胸大吗？”

“胸大。”

胖老婆踢上一脚骂道：“我胸大你还想着别的女人？”

牛好色口中“啊——”一声惨叫，看来这一脚不轻。

阿黑问德子：“会不会出人命？”

德子说：“不会，牛导在拍电影。”

胖老婆问：“我个子高吗？”

“高。”

胖老婆照着他肚子就是一拳，说：“高你还不满足？”

牛好色又哎呀一声……

太残酷了，阿黑不敢再往下看。忽然，门打开，牛好色跟胖老婆相互扶着走了出来。

阿黑认识牛好色老婆，现在场景虽说有些尴尬，但也不好不打招呼。他强颜欢笑地说："嫂子，你知道的，在影视圈这不算回事！"

牛好色对阿黑瞪起眼睛说："该！我老婆管我，管得该！"

胖老婆对阿黑说："这是我们家里事，跟外人没关系。"

两人相互扶着，出了环岛大门，上了那辆白色的房车。

德子悄声说："牛导的房车，他老婆不让动。他老婆要是开房车来，就是催他交公粮……"

"多好的一对！"阿黑摇头叹气。

德子幸灾乐祸地说："拍成电影才好呢。"

桃子来找阿黑，约好去接笑笑出院。本来玛丽不想去，她又不认识笑笑，但是她对笑笑和阿黑的关系很好奇，想一探究竟。桃子叫了辆车，三个人坐车来到小白楼。

医院里在查房，又办出院手续。他们在小白楼门口廊檐下等着，直到十点钟，笑笑才从铁门里走出来。他们很远就听到笑笑的笑声。笑笑几乎变成另一个人，从前骨瘦如柴的笑笑变得白白胖胖。笑笑在门口喊桃子拎包，桃子有些生气，嘴里说不拎，还是上前替她拎包。

笑笑走到阿黑跟前，说出来的话让所有的人大惊失色。笑笑说："阿黑，我不跟你闹了，我错了，我要回家跟你好好过日子。"

这句话一出口，众人都怔住了。桃子和阿黑张大嘴，相互看着，空气都凝固了。玛丽气得脸变形，直盯着阿黑看。玛丽心想，知人知面不知心，阿黑原来一直在隐瞒他和笑笑的夫妻关系。

阿黑对医生说："医生，她病没有好。我不是她丈夫。"

医生说："病人刚出院，会出现短暂的失忆，有些事情记不得，产生混乱，张冠李戴。过些日子，社会功能恢复就好了……"

玛丽听医生这样说，知道阿黑和笑笑不可能是夫妻。桃子是个心直口快的人，如果他们是夫妻，桃子不可能不说。玛丽故意板着脸对阿黑说："男人要有担当。你不能因为笑笑有病，就推卸夫妻关系。"

阿黑吓坏了，说："这个玩笑不能开，医生，她是不是得在医院恢复记忆？"

医生反问道："我们做医生的，天天跟病人打交道，没你清楚？笑笑病好了，至少说，符合出院条件。我不知道你跟她什么关系，或许是亲人，或许是朋友，但是，从社会道义、从人道主义出发，大家请多帮助她……"

阿黑和医生说话的工夫，笑笑细细看着玛丽，问："你是新来的病人？"

桃子说："什么病人？个个都跟你一样啊。玛丽，画画儿的。"

笑笑对桃子说："画画儿的就是病人。"

桃子不搭理她，说："扯不清。玛丽，别理她。"

玛丽笑了。她在宋庄这么多年，从没见过一个面相如此单纯的女人。笑笑的眼睛里没有一丝杂质，嘴角挂着清澈的笑。这张脸在一个四十多岁的女人脸上，就十分难得。玛丽挽着笑笑说："接你出院的。笑笑走吧。"

他们坐车回到任庄。笑笑已经不认识自己的家，站在门口，问：

“这是哪儿？”

桃子在她包里翻了半天才翻出钥匙。

阿黑说：“你家。”

笑笑进屋，对屋里一切很好奇，东摸摸，西摸摸，东张西望。

笑笑问：“这真是我家？”

阿黑说：“你家。你记性真差。”

笑笑说：“一点儿也不记得了。”

桃子拿个板凳，让她坐在院子里，说：“你坐在这儿，好好想想。我们替你打扫屋子……”

笑笑就坐在板凳上，看着众人替她打扫。她极力回忆这个她生活过的地方。虽说她住院有半年多，但是屋里还算干净。桃子从屋里拿了一幅笑笑的相片，喊：“笑笑，你看看，这不是你家，相片哪来的？”

笑笑拿过相片看，问：“这是谁的相片？”

桃子说：“你啊。”

笑笑说：“阿黑，这真是我吗？”

阿黑说：“是你。”

他们打扫了半天，就去阿黑那边吃中饭。玛丽在那边已烧好饭，隔着院墙喊：“菜凉了……”

笑笑到阿黑这边院里，似乎比对她自己家熟悉。她知道碗筷在什么地方。吃饭时，玛丽说：“阿黑，大蒜头不知在哪儿？”

阿黑说：“我也不知道，可能没了。”

“我知道。”笑笑径直走到东边的锅炉房，冬天取暖的地方，拎出一串大蒜头。众人目瞪口呆。

玛丽狠劲看了阿黑一眼，说："女主人回来了。"

阿黑吓得说："我也不知道锅炉房有这个，她怎么能记得？"

笑笑胃口很好，吃了两大碗饭，埋头吃菜。她一个人就顶玛丽和桃子两人的食量。她把碗一推，说："我要住在这边。"

桃子急得直翻白眼，指着玛丽说："别瞎说，这是阿黑老婆！"

笑笑大惊，"天哪！阿黑有老婆，我这个脑子，怎么一点也想不起来？她是阿黑老婆，那我呢？"

桃子说："你是邻居。"

玛丽喊："笑笑，别听这个花痴胡说八道，我不是阿黑老婆，你才是他老婆……"

阿黑说："玛丽，这玩笑不能开。病人在恢复记忆，你这样弄得她更糊涂了。玩笑不能开……病复发可不是闹着玩的……"

玛丽思考再三，觉得有必要跟阿黑讲明关系。她并不是不爱阿黑，但是她不能嫁给他。她要嫁一个有钱人，阿黑太穷了。她要告诉阿黑，她没有怀上阿黑的孩子，总欺骗下去，只能对阿黑伤害更大。笑笑回来了，阿黑可以娶笑笑。她也可以把笑笑作为她退出的借口。

喇嘛庄寂静的院子里，月亮挂在石榴树梢。玛丽和阿黑做过爱，坐在堂屋里喝咖啡。阿黑做爱很努力，玛丽因为有心事，要跟阿黑摊牌，所以注意力总不集中。她装着到达高潮，嘴里胡言乱语，说些下流话刺激阿黑，让阿黑以为她已到高潮，这样把阿黑也挑逗到高潮。阿黑似乎发现了什么，搞了几回合，自己败下阵来。

玛丽问：“怎么啦？”

阿黑说：“不在状态。”

玛丽就坐起来，趿着拖鞋去卫生间。玛丽说：“喝咖啡吧。”

他们就坐到堂屋里喝咖啡。阿黑只开了盏暗灯，在屋里可以看见云朵在窗户外变幻成各式各样的图形。月亮在云朵边缘修饰出光的影像。村庄很寂静，偶尔听到几声狗叫。

“云真美。”玛丽说。

“云真美。”

“阿黑，我不该骗你。我没有怀孕。”

阿黑沉默了一会儿说：“我摸你肚子，就知道你没怀孕。”

玛丽抓住阿黑的手说：“阿黑，我们做好朋友，好吗？”

“好啊，但是，我想娶你。丫丫都喊我爸爸了。”

玛丽摇头，“我不能嫁给你。我不是美国人，没有美国籍。我很穷，大胡子，他有钱，但是，自私，孩子的赡养费都不给。你也没有钱，你有钱，我就会嫁给你。”

“钱都是赚的。”

“你没成过家，不知道钱在家庭中的重要性，什么爱情，浪漫，理想，在金钱面前不堪一击。宋庄为什么有那么多单身女？她们在等待有钱人，青春易逝，但也只能苦苦地等……我知道你是好人，所以不能骗你。你那么有才华，这里画画的，许多人都不读书，你骨子里高贵……”

阿黑叹口气说：“把我说得这么好，又不肯嫁给我，真不懂你们

玛丽摇头：我不能嫁给你。
我不是美国人。我很穷。
大胡子。他有钱。但是
自私。

女人。”

“我为你好。嫁容易，一张纸。但是纸是包不住火的，在北京开销多大？贫穷能把我们烧死……”

“我可以把烟戒了，我可以写剧本、赚稿费……”

“一个单身女人，有人娶，应当高兴，但是，我真的不能嫁给你。你要是想我，就来跟我做爱，从前是我不对，我骗了你。”

“我不怪你。你给我带来美好的记忆。”

“你知道，我们最早在哪儿碰面的吗？”

“在牛好色工作室。”

“No！”玛丽摇摇头，“我们在工场路，那天，你打坏了我一只碗，你赔了八百块。”

阿黑瞪大眼睛说：“我说见到你时就感到面熟。我上网一查，网上说，看到一个陌生人感到很面熟，这个人是你前世的相识。我以为你是我前世的女人。”

“也算是吧。前世的情债。”

18　玛丽和朵朵

天气渐暖，房东把暖气停了。玛丽收拾屋子，准备换季。她最近心安静了许多。丫丫在“宋小人”小学上一年级。她和阿黑挑明关系，两人从夫妻过渡到情人。桃子说这是软着陆。

阿黑今天送了几条鱼来，他和牛好色去潮白河里捞的。只要阿黑来，他们就做爱，把做爱当成一种健身活动。

大胡子原来结过婚，大胡子的背叛都是无奈之举，她似乎原谅了他。桃子昨天来，说她信了基督教，劝玛丽也信，她想星期天跟桃子去教堂。她感到日子忽然慢了下来。

玛丽看到二毛的那幅装在公文袋里的画在书柜上。这幅曾经让她魂牵梦绕的画，现在都不愿多看一眼，像一个十字架把她钉在上面。她想到那天有一个欠条落在二毛那儿，欠条上写着：“欠二毛宋徽宗的画一幅，去美国后支付一百万。”多么可笑！

玛丽觉得必须把欠条要回来。这种东西留在外面，让人没有安全感。要是二毛耍无赖不肯给，她就报案。在海关已经有这幅假画的备案记录。

初春的太阳懒懒地照着安静的村庄。她步行到小堡西街，敲二毛家的门。敲了半天，里面没有一点儿动静。几只小狗围着她摇晃着尾巴。她站在门口打电话给二毛，电话停机。

门口一个晒太阳的邻居，也是一个画画儿的，告诉她，找二毛可以打电话给朵朵。二毛住院时吩咐的，在门上贴了条。玛丽果真在地上纸片中找到了朵朵的电话。

朵朵接到电话，说正想找玛丽。玛丽说二毛的画是假的，她来要回那张欠条。朵朵说她知道画是假的，派出所找过二毛，欠条就在她手上。朵朵住在杨各庄，约玛丽就到庄子对面的潮白河边见面。

潮白河河面上的冰已经融化。河对岸是燕郊，矗立着一排排高楼。河堤上落满枯枝败叶，厚厚的一层。高大的桦树林刚硬地立着，晃动的枝条隆起嫩绿的苞芽。

有一个放羊的年轻人在吹笛子。玛丽认识这个吹笛子的，这人经常在音乐餐厅演出。她听说过关于这个吹笛人的故事。这人从前是个画家，但一幅画也卖不掉。他生活艰难，老婆跑了。他欠房租，房东就要他替房东放羊来还房租。这样，他就放弃画画，开始了放羊的生活。后来，他自己放羊，一年竟然能赚上十几万。他把房东的房子买回来，老婆也回来了。听人说，他从前吹的笛子十分悲伤，能让过路的人哭起来，而现在，吹着轻松愉快的笛子。放羊人常对宋庄的画画的说，做人比做艺术家重要，难道不当艺术家会死吗？

河边上站着一个穿红棉袄的女孩子。玛丽和朵朵没见过面。河岸上就这么一个女孩子。玛丽上前，女孩子扭过头看她。女孩子细挑个儿，身材苗条，肤色有些黑，戴着近视眼镜。玛丽向女孩子走来，女孩子回过头直愣愣盯着她看。

“我打二毛电话，他停机了。”

“你是玛丽？”

“你是朵朵。长得真漂亮，怪不得二毛费尽心机，弄出这幅假画害人。”

“因为爱情。为了我，二毛回家离婚了。”

“为什么？”

“他也许离不了，她老婆不答应离。离，或者不离，我们都要在一起。”

“你疯了！他人品有问题。他用这个假画把我害惨了。”

“我理解他，他是因为爱我。二毛被人打伤了。我不该向他要一百万。他把李老炮的紫砂壶卖给高市长，壶是假的，紫砂是紫泥用化学药剂泡的。高市长用这个假壶泡茶喝，药物中毒，脸肿得像猪头。他领着黑道上的人来北京找李老炮，李老炮跑了，他们抓住了李老炮的徒弟阿元。阿元交代了李老炮给二毛下套，二毛不知道壶是假的，把高市长圈进来害了。高市长手下的人把二毛的脸打得也像猪头。我在医院照顾二毛。二毛说，他就想有这个钱就可以娶

河边站着 穿红棉
袄的孩子。玛丽和朵朵没有
见过面

我，高市长是他的老哥，一直帮助他们兄弟，他把高市长也害了。但二毛是老实人，他不知道壶是假的，我觉得我对不起老师，我只能用我的青春来补偿他……”

“二毛有家庭，年龄跟你相差很大。你们不合适。”

“怎么不合适？爱情可以超越年龄。你老公不是也比你大很多吗？”

玛丽一时语塞。她总以为自己狂野，没想到朵朵比她当年还要狂野。爱情让女人疯狂。这么多年来，她一直为当初的爱情冲动埋单。她知道朵朵这时候是听不进人劝的。再说朵朵和二毛，与她没有半毛钱关系。

玛丽拿出二毛的那张古画，“这画是假的，我损失很大。”

朵朵接过画，把玛丽的欠条还给她，说：“姐姐，我约你来，有一件事一直堵在心里。”

“什么事？”

“我想知道，那天晚上，你和二毛发生了什么？”

“你说什么？我听不懂。”

“我知道，你不会告诉我真相。凭什么二毛不收你钱，就把画给你了？这件事对我很重要。如果二毛跟你发生了什么，我就不会嫁给他。我就回云南，我再也不来宋庄……”

“你看我是那种随便的人吗？”

“但是，为了钱，你什么都做得出。你为了跟阿黑借钱买画，不是也跟了阿黑吗？”

“谁说的？”

“全宋庄的人都知道。你走后，阿黑要找牛好色打架。牛好色说出来的。”

“牛好色放屁！我和二毛什么也没做。”

“但是，那天晚上，二毛说你睡在他那儿，睡我床上。”

“是睡在你床上，我没和二毛发生任何关系。我看不起他。”

“没发生关系，他会把画就这么给你？”

玛丽生气了，她觉得朵朵丧失了理性，“你爱怎么想就怎么想吧！”她转身就走。

朵朵上前一把抓住她衣服，说：“我一想到你在我的床上和二毛做那种事，就生不如死。”

“你放屁！以为人人都像你？”

“我要跟你打一架。打一架，我心里好受！”

玛丽推开朵朵，骂道：“神经病！谁跟你打架？”

“你这个骚货！”朵朵扑上来。

“你才是骚货！”

两个女人在潮白河大堤上打了起来。她们撕扯着对方的头发和衣服。朵朵虽然瘦小，但嫉妒让女人变得疯狂，小小身体爆发出无穷的力量。玛丽无心恋战，四处防御。她觉得自己在为一个讨厌的男人打架，十分荒唐，一点儿也不值得。

一会儿，玛丽就被朵朵压在身下，朵朵跨在她上面，她们各自扯着对方的头发……放羊的过来，用手机拍照。

她们见有人拍照，就松开对方，站起来，每人手上都扯下一撮对方的头发。

玛丽嘴角流着血。

朵朵抓着一撮头发，哈哈大笑："玛丽姐，我心情好多了。"

玛丽爬起来，掸身上的尘土，骂道："疯子！"

"你肯定和二毛上过床。现在，我心情好多了。"

玛丽对放羊的说："喂，请你把手机里的照片删了。"

放羊的说："我在这儿放了五年羊，拍了几十对女人打架的相片。从来没有男的来打架。奇了怪了，全是女的来打架，原因都是为了男的。"

玛丽说："我们不是。你侵犯了他人隐私！"

放羊的说："我知道侵犯隐私，我会作艺术处理。我想把各组打架的相片集中起来展出，就叫'宋庄女人'。有几个打架的，现在已是很出名的大家了。这样一弄，你们也会出名。"

"很好啊！这个想法很有创意。"朵朵说。

玛丽说："好个屁！"

朵朵说："玛丽姐，你不要生气。打过架，我们就是好朋友了。我送你回家吧！"

这一刻，她忽然理解了朵朵，眼前这个女孩，好像当年的自己。

她到现在也弄不明白，为什么那天二毛不要一分钱，就把画给她拿走呢？朵朵的发问不是没有道理，但是，她也说不出所以然。她不可能对朵朵说，是小堡广场上昆仑石帮的忙吧。玛丽觉得只有大度，才能消除朵朵的猜忌。

"好啊，去我家喝咖啡。"玛丽说。

她们挽着胳膊，沿着任李路步行。两人边走边聊。

朵朵说："姐姐，你理解我。我那么爱二毛，我听说你在我床上睡过，我一天也合不上眼。我把床单烧了。我发现我爱上二毛了，否则，我不会在这儿吃他醋。”

玛丽说：“我理解你。当初，我怀疑大胡子和宋庄一个女画家，我去那个女画家院子里，把她晾的衣裳全烧了洞……”

朵朵哈哈大笑。

19　破碗重圆

阿黑骑车去宋庄菜场买菜，路过“宋小人”小学。小学破损的院墙上一行字吸引了他的注意：“做一个学者型的教师无限光荣！”能在小学的院墙上看到这样的标语，也算是宋庄特色。即使大学都很难这样去做，大学里都推崇官员型教师和事务型教师。“学者”这个词和“诗人”这个词金光闪闪。

小学正是放学时间，一队队学生手拉着手，排着队，从校门里涌出来。忽然，有一个声音在他后面响起：“黑爸爸！黑爸爸！”

他转头一看，丫丫正抓着他的衣裳，一队学生在丫丫后面停下来。有一个领队的像是教师，丫丫说：“老师，这是我的黑爸爸。”

教师用疑惑的眼光看阿黑，阿黑友好地点点头。教师就领着队伍继续往前走，像老母鸡领着一队小鸡，“咕咕咕”地前行着。阿黑不知道说什么，丫丫已经爬到他的车座上。

丫丫说："黑爸爸，送我回家。"

阿黑笑着说："好好，你在后面坐好，抓住叔叔衣裳。"

丫丫穿着校服，校服上写着"宋小人"三个字。她坐在车后，扯着阿黑的衣服。阿黑往喇嘛庄骑，也就两三里地。他特意骑得很慢，一路上和丫丫聊天。

"黑爸爸，你跟妈妈说，让我去参加学校春游好吗？"

"怎么？妈妈不让你参加春游？"

"妈妈说学校春游要交钱。她领我去潮白河边挖野菜，不用交钱。我想和同学们一起春游。"

"好，我来说服你妈妈。"

"你不许说我讲的。妈妈不许我告诉别人她没钱。她说她没钱，别人就会看不起她。别人不给妈妈钱，看不起妈妈。妈妈要装着有钱，别人才会给妈妈钱……"

丫丫能说出这样的话，阿黑感到贫困已经在孩子的心灵打上了烙印。阿黑感到悲伤。他想他要是有钱，一定会像诗人杜甫那样，"大庇天下寒士俱欢颜"。

他似乎一下子理解了玛丽。一个女人，独自领着孩子，多么艰难！他似乎理解了玛丽为什么不肯嫁给他。他确信玛丽不是不爱他，而是贫穷。贫穷摧毁了人们的精神，更别说爱情了。

"黑爸爸，你要保密。妈妈跟人打架了。"

"妈妈跟谁打架了？"

"妈妈跟朵朵阿姨打架，妈妈嘴都打破了。她们打过架又和好，朵朵阿姨要嫁给一个画画的叔叔，那个叔叔有老婆，妈妈不同意，两人吵架……”

阿黑笑了，说：“丫丫，你就是宋庄的女间谍，什么事都知道啊。”

阿黑知道朵朵要嫁的人是二毛，这件事宋庄已经传开了。二毛上回因卖假紫砂壶，让老乡高市长的人打伤了，住进了医院，朵朵在医院照顾二毛。朵朵认为二毛是为了她，才挨人打的。朵朵一下子被感动，就答应嫁给二毛。可是，二毛家里有老婆。不过，宋庄这地方，家里有老婆，在这儿再找一个老婆的例子很多。艺术家们认为，爱情才是最宝贵的，世俗的婚姻只是一张纸。

阿黑看见家里书柜上三瓣青花瓷碗片。他想起那天卖毛笔的说，请锔瓷的大师锔一下，或许能卖大价钱。阿黑认识锔瓷的荣志。他就把碎瓷片装进袋子里，去找荣志。上回玛丽说，他们最初相识是在工场路，因缘就是这个碎碗片。他想锔起来，破碗重圆，给玛丽一个交代，也可以算是为他们的这段爱情画一个完美的句号。

荣志住在小别墅里，家里堆满各式各样的古玩器皿。他用放大镜对着这三片青花瓷反复看着，抬起头告诉阿黑，这青花瓷是个真东西，锔起来至少卖五万块钱。阿黑半信半疑，三个破瓷片能值五万？他以为荣志开玩笑。荣志问阿黑肯不肯卖给他，阿黑知道这是个真东西了。他心想，也别锔了，弄个五万给玛丽，让玛丽给丫丫去参加学校春游。他答应过替丫丫求情。

荣志找了个塑料袋，把五沓一万的百元钞票摆进去，交给阿黑。阿黑拎着塑料袋，袋里是五万块，骑着车，去玛丽家。才到院门口，就听见里面丫丫的哭声。

玛丽本来以为把丫丫弄到北京来上学是件很容易的事，上了学后才知道，养一个孩子真不容易，无形开销很大。这些开销从前都是她父母和姐姐瞒着她，替她支付了的。比如，学费、赞助费。她对校长说，在美国，小学没有这个费用。校长说这是中国。

丫丫校服的钱，春游的钱，组织看电影的钱，兴趣班的钱，午餐代伙的钱……每花一分钱都像是挖她心头肉。她觉得自己应当找一份工作了。她已经一年多没工作了。但是，她又不能在宋庄工作，她放不下这个架子。宋庄人都知道，她是美国海归玛丽。大家都以为她是个富婆，有个什么画展，还让她站在台上，介绍说著名美国艺术品藏家玛丽女士。有一些爱心公益活动也来找她，要求她赞助。她活得有头有脸的，一下子丢不下这个份儿。

她想找人嫁了，但是，这件事不是那么容易。宋庄几个有钱的画家，在微信里和她聊天，表示想和她进一步接触。但是，她一了解，这几个都是风流鬼。她已经奔四的人，没有太多的资本来赌。阿黑唯一的缺点就是没钱。阿黑要是有钱，玛丽会立马嫁给他，替他生孩子……

玛丽在厨房下面条。她摘了院子里的小青菜，青菜下面。她给丫丫的面上煎了个鸡蛋。她自己就是清水面。她不缺营养。有画家家里来客人，要喊些女的去显摆。她得到这样的机会，就会放开来吃，把缺少的营养一下子全补回来。

玛丽看一眼窗外，丫丫在玩小猫，喊："丫丫，洗手吃饭了。"

丫丫依旧玩小猫，抱怨道："又是下面条？"

“北方人就吃面条。解放前，人们还没有面条吃呢。”

“我要参加学校春游。”

“丫丫，我已经说过多少次了，参加什么学校春游？花那个钱干什么？妈妈答应你，我领你去黑爸爸家的任庄挖野菜……他家那儿，有许多小狗，树上有鸟……”

“我要跟同学在一起。我不要跟你们在一起。”

玛丽觉得丫丫学坏了，学会顶嘴了。从前，她说什么，丫丫都服从。

玛丽关掉煤气，走到院子里，对丫丫严肃地说：“妈妈说了，我们家没钱，不许去……”

丫丫“哇”的一声哭了。

这时候，阿黑走了进来。阿黑问：“丫丫，怎么啦？”

丫丫见阿黑，哭得更凶，“妈妈不让我春游……”

阿黑看着玛丽。玛丽说：“又要交钱，交五十块钱，三天两头，谁有这个钱？”

阿黑把塑料袋给玛丽，说：“你看看，这里面钱够不够丫丫春游。”

玛丽打开塑料袋，里面满满一袋子的钱，问：“这钱哪来的？”

阿黑说：“上回打碎了你的瓷片，去画家荣志那儿锔瓷。荣志说是青花瓷，我做主五万卖了……这碗本来就是你的。这钱，还给你。”

玛丽上前猛地抱住阿黑。这世界上再也没有比阿黑更善良的人了。玛丽抱着阿黑，哇哇大哭……

丫丫吓坏了，上来拉玛丽，问：“妈妈，怎么啦？”

玛丽对丫丫喊：“丫丫，喊爸爸！”

丫丫扑上来，抱住阿黑大腿喊：“爸爸……”

2016年，宋庄的画家们茶余饭后谈论的两大新闻：一是美国人玛丽原来是王春花，大胡子的女人，跟诗人阿黑生活在一起了；另一个是二毛回家了，他说要回去离婚。但大家都知道他不会离，只有朵朵活在他的谎言里，以为这就是爱情。

五月的一天，阿黑和玛丽正在家里吃晚饭。忽然，门外走进一个人。玛丽以为是送快递的，喊道：“把东西放在门旁边。”

那人把一个旅游背包摆在门旁边，但是，他并没有走，而是进屋，立在门口。这个身影挡住屋外的光线，显得有些高大。玛丽惊得站起来，一声不吭地看着那人。

那人是个老头，身材高大，一脸大胡子。

玛丽说：“你怎么回来了？”

那人不吭声，看着阿黑。

丫丫跑来问：“妈妈，这人是谁？”

玛丽哭泣着说：“是你爸爸。”

丫丫问：“那黑爸爸呢。”

玛丽说：“黑爸爸是黑爸爸。”

阿黑立刻知道这个大胡子就是丫丫的爸爸。他不辞而别，又从天而降。但是，玛丽说大胡子是个大画家，亿万富翁，而眼前这个人就像是画家村里捡垃圾的流浪汉。阿黑盯着玛丽的眼睛看，他要

阿里忽然知道
这个大胡子就是丫丫的爸
爸……

从她的眼睛里，看出他是该走，还是该留。

玛丽向大胡子挨近，两人并排站着，同时以陌生的眼光看着阿黑。这时，阿黑明白，他该离开了。阿黑站起来说：“丫丫爸爸回来了，我先走了。”

玛丽说：“别走！”

大胡子说：“兄弟，别走，我们喝一杯！”

（全文完）

故事纯属虚构，

请勿对号入座。

图书在版编目（CIP）数据

地球上的宋庄 / 申维著 . —北京：北京联合出版公司，2017.7
ISBN 978-7-5596-0368-5

Ⅰ. ①地… Ⅱ. ①申… Ⅲ. ①长篇小说－中国－当代 Ⅳ. ① I247.5

中国版本图书馆 CIP 数据核字（2017）第 107519 号

地球上的宋庄

作　　者：申　维
选题策划：北京凤凰壹力文化发展有限公司
责任编辑：李艳芬　徐秀琴
特约编辑：经元华
封面设计：**Metis** 灵动视线
版式设计：张立波

北京联合出版公司出版
（北京市西城区德外大街 83 号楼 9 层　　100088）
北京旭丰源印刷技术有限公司印刷　　新华书店经销
80 千字　　640 毫米 ×960 毫米　　1/16　　12 印张
2017 年 7 月第 1 版　　2017 年 7 月第 1 次印刷
ISBN 978-7-5596-0368-5
定价：38.80 元